Bianca™

UNA UNIÓN TEMPORAL

Melanie Milburne

HARLEQUIN™

Editado por Harlequin Ibérica.
Una división de HarperCollins Ibérica, S.A.
Núñez de Balboa, 56
28001 Madrid

Una unión temporal, n.º 2726 - 18.9.19
Título original: Bound by a One-Night Vow
Publicada originalmente por Harlequin Enterprises, Ltd.

I.S.B.N.: 978-84-1328-133-9
Depósito legal: M-26405-2019
Impreso en España por: BLACK PRINT
Fecha impresion para Argentina: 16.3.20
Distribuidor exclusivo para España: LOGISTA
Distribuidor para México: Distibuidora Intermex, S.A. de C.V.
Distribuidores para Argentina: Interior, DGP, S.A. Alvarado 2118.
Cap. Fed./Buenos Aires y Gran Buenos Aires, VACCARO HNOS.

Este libro ha sido impreso con papel procedente de fuentes certificadas según el estándar FSC, para asegurar una gestión responsable de los bosques.

Capítulo 1

ISABELLA Byrne, con un suspiro, dejó la taza de café en la mesa de la concurrida cafetería. Conseguir marido sería mucho más fácil si realmente quisiera casarse. No quería. Casarse podría producirle un infarto. No llevaba soñando con el día de su boda desde los cinco años. No perseguía el típico cuento de hadas, al contrario que la mayoría de sus amigas. Y ahora, ya adulta, la idea de salir con un hombre le daba ganas de vomitar.

Pasaba de los hombres.

Izzy recorrió con la mirada a las parejas sentadas a otras mesas. ¿Acaso ya no quedaba gente soltera en Londres? Todo el mundo tenía pareja. Ella era la única persona que estaba sentada sola a una mesa.

Podría haber recurrido a Internet para buscar marido, pero la idea de hacerle esa proposición a un desconocido no le gustaba. Por otra parte, los pocos amigos a los que podía pedírselo ya tenían pareja.

Izzy dobló la copia del testamento de su padre y la guardó en el bolso. Por mucho que lo leyera, decía siempre lo mismo: para reclamar su herencia tenía que casarse. Y, si no la reclamaba, la herencia acabaría en manos de un pariente lejano. Un pariente lejano con problemas de adicción al juego.

¿Cómo iba a permitir que todo ese dinero se lo tragara una máquina tragaperras?

Izzy necesitaba ese dinero para comprar, y así recuperar, la ancestral casa de su difunta madre. Si no lograba heredar, perdería la casa. La maravillosa casa de Wiltshire en la que había pasado unas pocas pero maravillosas vacaciones con sus abuelos y su hermano mayor, antes de que este enfermara y falleciera, sería vendida y acabaría en manos de otra persona. No podía soportar la idea de perder aquel lugar en el que se había sentido tan feliz. El lugar en el que Hamish, su madre y ella habían sido felices. Realmente felices. Por la memoria de su madre y de su hermano, debía recuperar la casa.

Solo disponía de veinticuatro horas; al cabo de ese tiempo, perdería el derecho a la herencia. Disponía de un día para encontrar a un hombre que quisiera casarse con ella y permanecer casado durante seis meses. Solo un día. ¿Por qué no había hecho nada durante ese mes, o el mes anterior, o el anterior a este? Había contado con tres meses para cumplir con esa condición impuesta por su padre en el testamento, pero había ido posponiéndolo. Como de costumbre.

Izzy estaba a punto de levantarse y marcharse cuando la sombra proyectada por una alta figura cayó sobre ella. Le dio un vuelco el corazón, quizá por el café solo doble que acababa de tomarse. La cafeína y la desesperación no eran una buena combinación.

–¿Está libre este asiento? –la profunda voz de barítono con acento italiano le provocó un hormigueo en el estómago.

Izzy alzó los ojos y se encontró con la oscura mirada del magnate hotelero Andrea Vaccaro. El hormigueo de su estómago se intensificó.

Era imposible mirarle y evitar un vuelco del corazón. Esos ojos no solo te miraban, te penetraban. Veían lo que no tenían derecho a ver.

Esa fuerte y dura mandíbula, con la justa medida de barba incipiente, siempre la había hecho pensar en las potentes hormonas que la provocaban. La boca era firme, con tendencia a curvarse en una cínica sonrisa. Una boca que la hacía pensar en prolongados y sensuales besos con las lenguas entrelazadas...

A lo largo de los años, Izzy había aprendido a disimular lo mucho que ese hombre le afectaba. Pero, aunque su expresión era fría y distante en apariencia, en su interior se desencadenaba una batalla en contra de aquella prohibida atracción.

–Ya me iba, así que...

Él agarró el respaldo de la silla situada enfrente de la de ella e Izzy no pudo evitar quedarse mirando el vello de esa mano desaparecer bajo el puño de la camisa blanca. ¿Cuántas veces había soñado despierta con esas manos acariciándole el cuerpo, haciéndola sentir cosas que no debería sentir? Y mucho menos por él.

Jamás por él.

–¿No tienes tiempo para tomarte un café con un amigo? –mientras hablaba, Andrea mostró una perfecta dentadura blanca.

Izzy contuvo un estremecimiento y, con un esfuerzo, le sostuvo la mirada.

–¿Amigo? –repitió ella en tono burlón–. No, no lo eres.

Andrea se sentó en la silla y, bajo la mesa, sus piernas se chocaron con las de ella. Rápidamente, Izzy apartó las piernas, aunque sin poder evitar sentir una corriente eléctrica.

Izzy comenzó a empujar su silla hacia atrás para levantarse, pero él le puso una mano en la suya, deteniéndola. Obligándola a permanecer ahí, con él. Respiró hondo, la calidez de la mano de él revolucionó sus hormonas, excitándola. Todas y cada una de las células de su cuerpo vibraban. Un intenso calor pasó de su mano por el brazo y recorrió todo el camino hasta su sexo.

Izzy le dedicó una mirada tan fría que habría podido congelar el vaso de agua que había encima de la mesa.

–¿Es así como invitas a las mujeres a tomarse un café contigo, por la fuerza?

Él comenzó a acariciarle la mano con la yema del pulgar.

–Hubo un tiempo en el que querías algo más que tomarte un café conmigo, ¿no te acuerdas? –Andrea le recorrió el cuerpo con la mirada y el brillo de sus ojos se intensificó.

A Izzy le habría gustado poder olvidarlo. Le habría gustado sufrir amnesia temporal. Amnesia permanente. Cualquier cosa que pudiera borrar el recuerdo de su intento de seducir a Andrea siete años atrás, cuando tenía dieciocho años, durante una de las famosas fiestas de Navidad de su padre, y encontrándose ligeramente ebria. Igual que en todas las fiestas de su padre, la única forma de soportar la repugnante representación teatral de él adoptando el papel de «padre perfecto». Se había emborrachado para avergonzar a su padre por todo el sufrimiento al que la había sometido de puertas para dentro: insultos, vejaciones y críticas que la habían hecho sentirse completamente inútil y despreciable.

No querida.

No deseada.

Estúpidamente, había pensado: «¿Qué mejor manera de avergonzar a mi padre que acostándome con su protegido?».

–Ha llegado a mis oídos lo de tu nuevo trabajo. ¿Qué tal te va?

Izzy le miró fijamente, en busca de algo que indicara burla en la expresión de él. ¿Se estaba riendo de ella o mostraba un ligero y verdadero interés? Pero no había notado ninguna nota de cinismo en la voz de él ni en el brillo de sus ojos. No obstante, no pudo evitar preguntarse si Andrea, al igual que el resto de la gente, pensaba que no duraría ni una sola semana en su nuevo trabajo.

En cualquier caso, Izzy estaba decidida a no perder la compostura en medio de aquella concurrida cafetería. En el pasado, había tenido la tendencia a montar escándalos. Ahora… contuvo las ganas de tirarle la taza de café a la cara, se reprimió para no agarrarle por la camisa y arrancarle todos los botones.

Típico de Andrea dudar de su capacidad cuando lo que ella estaba haciendo era un ímprobo esfuerzo para abrirse camino en el mundo. Desgraciadamente, había conseguido perder muchos trabajos a lo largo de los años. Tenía mala fama. Siempre había sido así.

Todo el mundo esperaba de ella que fracasara. Por tanto, ¿qué hacía ella?

Fracasar.

Le había resultado difícil dedicarse a algo en concreto por su falta de títulos académicos. Incapaz de soportar la presión de competir con los resultados académicos de su hermano, Hamish, no se había presentado a los exámenes. No había sido la clase de persona que sabía a qué quería dedicarse de mayor. Había mariposeado.

Pero ahora había logrado centrarse. Estaba estudiando para sacarse un título en Trabajo Social, a distancia y por Internet, y había conseguido trabajo en una tienda de antigüedades.

Por eso, le enfurecía enormemente que Andrea diera por supuesto que ella era una vaga que no quería hacer nada.

Izzy alzó la barbilla y le miró con dureza.

–Me sorprende que todavía no te hayas pasado por la tienda para comprar una de esas ridículamente caras reliquias para demostrar lo rico que eres.

Él esbozó una perezosa sonrisa.

–Tengo los ojos puestos en algo mucho más valioso.

Izzy levantó el bolso del suelo y se lo colgó del hombro al tiempo que le lanzaba otra mirada asesina.

–Me alegro de haberte visto, Andrea –dijo ella con sarcasmo.

Izzy se abrió paso entre las mesas; pero antes de que le diera tiempo a sacar el monedero, Andrea se le acercó por la espalda y le dio un billete a la camarera.

–Guárdese el cambio.

Izzy sintió el calor de él en la espalda. Demasiado cerca. Sentía su energía. Su energía sexual. Podía oler la loción para después del afeitado de Andrea.

Se permitió el lujo de preguntarse, durante un momento, qué sentiría si recostara la espalda en el pecho de él, cómo sería encontrarse rodeada por esos brazos, tener la pelvis de él pegada a sus nalgas. Se imaginó la sensación de esas grandes manos sujetándole las caderas, acercándola a su cuerpo... para que sintiera la dureza de su miembro en la entrepierna...

¡No, tenía que dejar de soñar despierta!

Andrea la agarró por el codo y la hizo salir a la calle bajo un sol primaveral. Ella decidió no provocar un espectáculo porque la gente ya les estaba mirando y señalando. No quería que la fotografiaran con él. Ni que la asociaran con él. No quería que la identificaran como una más de las conquistas de él.

Andrea Vaccaro era un imán para los medios de comunicación: casanova internacional con puertas giratorias en su lujoso ático, el protegido del difunto y famoso hombre de negocios Benedict Byrne. Un niño italiano pobre que había subido a lo más alto gracias a su benefactor inglés.

Por su parte, Izzy no era un imán para la prensa, más bien el objetivo de las críticas de la prensa, considerada una niña rica mimada. En el pasado, incluso había disfrutado las críticas negativas de la prensa hacia su persona; en la actualidad, prefería que la ignoraran. Había superado la época en la que constantemente salía de discotecas fingiendo estar borracha con el fin de avergonzar a su padre. Desgraciadamente, los paparazis seguían viéndola como una alocada cuyo objetivo en la vida era divertirse.

–¿Ya has encontrado marido? –le preguntó Andrea soltándole el codo y le rozó los dedos de la mano izquierda sin anillo de compromiso..

Izzy sabía que Andrea conocía el contenido del testamento de su padre. Probablemente, había ayudado a su padre a redactarlo. Le molestaba pensar que Andrea fuera conocedor de una información tan personal. Lo que él no sabía era lo que había habido de fondo en la relación entre su padre y ella. Benedict Byrne había sido demasiado astuto como para revelar el lado oscuro de su personalidad a aquellos que ayudaba o a quienes quería impresionar.

Solo la madre de Izzy había conocido bien a Benedict Byrne, pero hacía mucho que había muerto y que descansaba en paz, al lado de Hamish. El hijo adorado. El hijo perfecto al que ella, Izzy, debía haber emulado sin conseguirlo, para disgusto de su padre.

–No tengo intención de hablar de mi vida íntima contigo. Y ahora, si no te importa, tengo que irme…

–Voy a hacerte una proposición –declaró él con expresión inescrutable, ocultando pensamientos peligrosos, de carácter sexual.

Izzy abrió y cerró la mano para deshacerse de la sensual energía que él había provocado. Tensó los músculos del vientre con la esperanza de calmar la inquietud de su pelvis, pero lo único que consiguió fue ser aún más consciente de lo que ese hombre la hacía sentir.

–La respuesta es no.

Andrea la miró como si encontrara su negativa motivadora. Estimulante.

–¿No quieres saber qué voy a proponerte antes de decir que no?

Izzy apretó los dientes.

–No me interesa nada de lo que puedas decirme.

«Sobre todo, si contiene la palabra "matrimonio"». Pero… ¿iba Andrea a ofrecerle casarse con ella? ¿Por qué iba a hacer eso?

Andrea le sostuvo la mirada y ella no pudo evitar que los latidos de su corazón se acelerasen. Casi no podía respirar, el oxígeno no le llegaba a los pulmones. Andrea estaba muy guapo, más que guapo, pero siempre había sido así. Moreno y en buena forma física, con unos rasgos clásicos que solo se veían en los modelos que anunciaban caras lociones para después del afeitado. El chico malo que había logrado el éxito. Su cabello negro ondulado, ni corto ni largo, peinado con un estudiado descuido, hacía resaltar su inteligente frente y una nariz recta. Tenía las cejas oscuras, una de ellas mostraba una pequeña cicatriz, y los ojos, rodeados de largas pestañas, eran de un marrón tan profundo que apenas se distinguían las pupilas de los iris.

Izzy podía aguantarle la mirada a casi cualquier hombre. Sabía ponerles en su sitio con los ojos o con un mínimo y cortante comentario.

Pero con Andrea Vaccaro era otra cosa. Él era su antagonista y, por desgracia, lo sabía.

–Cena conmigo –no era una invitación, era una orden.

Izzy arqueó las cejas con altanería.

–Ni muerta de hambre.

A Izzy le hormiguearon los labios cuando Andrea clavó sus ojos en ellos. Siempre que la miraba, ella pensaba en el sexo, en la clase de sexo que le era desconocido.

Izzy no era virgen, pero tampoco había tenido tantas relaciones sexuales como se decía en la prensa. Ni siquiera le gustaba el sexo. Se le daba muy mal, terriblemente mal. Y la única forma de tolerar las relaciones sexuales era bebiendo alcohol, con el fin de no pensar en lo poco que disfrutaba.

–Podemos seguir hablando de esto en medio de la calle o en un lugar privado.

–No voy a ir a ninguna parte contigo, Andrea.

–¿Tanto te asusta lo que pueda decirte?

«Lo que me asusta es lo que yo pueda hacer», pensó Izzy al tiempo que alzaba la barbilla.

–No me interesa nada de lo que puedas decirme.

–Solo te estoy proponiendo una cena, Isabella –el acento italiano de Andrea acarició las cuatro sílabas de su nombre. Era la única persona que la llamaba Isabella. No sabía si le gustaba o no.

«Solo una cena». ¿Debía aceptar la invitación y ver qué era lo que Andrea quería decirle? No podía negar que le picaba la curiosidad. Además, con el poco tiempo del que disponía antes de perder la herencia, sería una locura negarse a escucharle. Pero estar cerca de él la desconcertaba, la hacía perder el control.

Izzy cruzó los brazos y le dedicó una de sus típicas miradas de adolescente aburrida.

–Dime dónde y cuándo. Allí estaré.

–He reservado una mesa en Henri's. A las ocho y media. Esta noche.

Izzy estaba disgustada consigo misma por no haberse hecho más de rogar. ¿Cómo había sabido Andrea que, al final, accedería? ¿Tan seguro estaba de sí mismo?

«Quizá sea porque sabe que dispones de algo menos de veinticuatro horas para no perder la herencia?».

–Tu arrogancia no deja de sorprenderme –declaró Izzy–. ¿Es que nadie te dice nunca que no?

–Pocas veces –Andrea sonrió.

A Izzy no le costó trabajo creerle. Debería recuperar su fuerza de voluntad. No podía permitir que Andrea consiguiera que hiciera lo que él quisiera. Debía plantarle cara, demostrarle que no era una de esas mujeres que aparecían y desaparecían de su vida con la mayor facilidad.

–Bueno, hasta luego entonces.

–Isabella…

–¿Sí?

Andrea le miró la boca; después, clavó los ojos en los suyos.

–Ni se te ocurra no aparecer.

Izzy se preguntó cómo había logrado leerle el pensamiento. Había pensado dejarle esperando en el restaurante para demostrarle que no estaba dispuesta a seguirle el juego. Lo más probable era que a Andrea no le hubiera dejado plantado nadie, nunca. Era hora de que alguien le diera una lección.

Pero ahora debía esbozar otro plan. No podía presentarse en el restaurante y limitarse a acceder a la «proposición» de él. No podía. No podía. No podía. Andrea era el último hombre del mundo con el que se casaría. Porque lo que Andrea iba a proponerle era que se casara con él, de eso no tenía duda.

Aunque estaba desesperada, su desesperación no llegaba a tal extremo.

–No te preocupes, apareceré –Izzy le dedicó una empalagosa sonrisa–. No me vendrá mal una cena gratis. Has dicho solo una cena, ¿verdad?

Los ojos de él ardieron y un imposible deseo se apoderó de ella. Un deseo que no quería sentir.

–Solo una cena.

Izzy se dio media vuelta y echó a andar hacia la tienda de antigüedades en la que trabajaba, consciente de que Andrea la seguía con la mirada.

Capítulo 2

CIELOS! ¿No crees que vas a necesitar a un escolta con ese vestido? –preguntó Jess, la compañera de piso de Izzy, al asomar la cabeza en su dormitorio.

Izzy se alisó la corta falda del vestido plateado que brillaba como un adorno navideño.

–¿Qué tal estoy?

–En serio, Izzy, tienes unas piernas preciosas. Deberías dejar el trabajo en la tienda de antigüedades y hacerte modelo –Jess ladeó la cabeza–. ¿Con quién has quedado? ¿Alguien que yo conozca?

–Se trata solo de un conocido.

Jess alzó las cejas.

–Demasiado muslo al descubierto para un mero conocido.

Izzy agarró una barra de carmín de color rojo sangre y se la pasó por los labios. Sabía que correría el riesgo de atraer la atención de la prensa si la veían vestida así con Andrea; pero, en esa ocasión, no le importaba. Iba a demostrarle que no estaba dispuesta a cumplir con las reglas que él imponía. Andrea tenía fama de salir solo con mujeres elegantes y sofisticadas, pero ella iba a ser la antítesis de la elegancia y la sofisticación en lo que al atuendo se refería. Ese vestido gritaba «chica alocada de fiesta».

–Voy a darle una lección a… mi conocido.

–¿Una lección de qué? ¿De que puedes mirar, pero no tocar?

–Quiero demostrarle que no se puede ser tan arrogante como es él.

Izzy se quitó los rulos que se había puesto en el pelo para darle más volumen y se peinó con los dedos hasta transformar sus cabellos en una nube de onduladas hebras que le caían por los hombros.

Jess se sentó en el borde de la cama.

–Dime, ¿quién es el tipo con el que vas a salir?

Izzy miró a su compañera de piso a través del espejo. Conocía a Jess desde hacía solo unos meses y no quería entrar en detalles respecto a su complicada relación con Andrea.

Agarró un par de pendientes baratos, se los puso y luego se ajustó el cuerpo del vestido para subirse los pechos antes de contestar a Jess.

–Era un amigo de mi padre.

Jess se levantó de la cama y se acercó a ella.

–Pero… ¿no es hoy el último día de la fecha límite que tu padre te impuso en el testamento?

Izzy sintió mucho haberle contado a Jess lo del testamento un par de noches atrás mientras cenaban curry y bebían una botella de vino. Era algo denigrante admitir que su padre había querido castigarla desde la tumba. Su padre siempre había sabido la aversión que ella tenía al matrimonio. Había sido testigo de cómo su padre había controlado a su madre, hasta el punto que esta había acabado siendo incapaz de decidir qué ropa ponerse sin consultarle antes. Por su parte, no iba a permitir que un hombre ejerciera semejante poder sobre ella; especialmente, Andrea Vaccaro.

–Sí, pero no es un candidato.

–¿Vas a renunciar entonces a la herencia?

Izzy se puso varias pulseras con colgantes.

–No quiero, pero no tengo otra alternativa. No puedo echarme a la calle y pedirle que se case conmigo al primero que me encuentre.

Jess volvió a pasear la mirada por el atuendo de ella.

–¿Por qué no le pides al tipo con el que has quedado que se case contigo? ¿O se lo has pedido ya y te ha dicho que no?

Izzy agarró un bolso de noche, metió dentro una barra de carmín y cerró el bolso.

–No, no se lo he pedido y nunca lo haré. Sé lo que me hago, Jess. Sé cómo manejar a hombres como Andrea Vaccaro.

Jess abrió desmesuradamente los ojos.

–¿Has quedado con Andrea Vaccaro esta noche? ¿El de los hoteles? ¿Y no te parece un buen candidato? ¿Estás loca? Es uno de los solteros más codiciados del mundo.

Izzy agarró una chaqueta de cuero de motorista y se la puso.

–Puede que a él le interese mi herencia, pero él a mí no me interesa. Prefiero acabar debajo de un puente buscando comida en los basureros antes de casarme con ese imbécil tan arrogante.

Las cejas de Jess desaparecieron por debajo de su flequillo.

–¡Vaya, nunca te había visto tan enfadada! ¿Ha pasado algo entre él y tú?

–Andrea cree que puede conseguir a quien se le antoje; pero, a mí, de ninguna manera –Izzy esbozó una sonrisa con expresión de plena confianza en sí misma–. No te preocupes, sé cómo manejarle.

No fue intencionado llegar tarde a su cita con Isabella, pero el tráfico le retuvo debido a un pequeño accidente en el centro de Londres. Le había enviado un mensaje diciéndole que iba a retrasarse unos minutos, pero ella no le había contestado. La actitud de Isabella para con él era precisamente el motivo por el que iba a proponerle el matrimonio. Necesitaba una esposa durante una temporada, una mujer dispuesta a divorciarse cuando a él le conviniera. Nada de amor ni promesas. Lo que quería era un contrato con una duración de seis meses que resolvería dos problemas a la vez por medio de una breve e impersonal ceremonia.

La hijastra de un importante hombre de negocios con el que estaba en tratos, una adolescente, se había encaprichado de él y le estaba haciendo la vida imposible. Si no ponía remedio al asunto, pondría en peligro el negocio que le ocupaba últimamente, la adquisición de un hotel. La situación se había hecho crítica ahora que el padrastro de la chica iba a casarse y le había pedido que fuera testigo de su boda. Tenía que actuar y con rapidez.

De haberse tratado de un negocio más, lo habría dejado; había montones de hoteles que podía comprar. Pero ese, en concreto, era el que más deseaba. De pequeño, había mendigado a las puertas de ese hotel en Florencia. Comprarlo significaría que, por fin, había dejado atrás el pasado.

Que había dejado atrás el pasado y había triunfado.

Un matrimonio de conveniencia era lo que necesitaba e Isabella Byrne era la candidata perfecta.

En contrapartida, él podía ayudar a Isabella a resolver su pequeño dilema, al tiempo que solucionaba el suyo. Estaba dispuesto a sacrificarse y a perder su libertad durante seis meses para conseguir el negocio que tanto deseaba; y, además, quería demostrarse a sí mismo que podía resistirse a los encantos de Isabella Byrne. No quería desearla tanto. Le molestaba que le afectara de esa manera.

Siempre había mantenido las distancias con ella por respeto a Benedict Byrne, un hombre que tenía sus defectos. Pero él no podía olvidar la ayuda que Benedict le había prestado, metiéndole en el mundo de la hostelería, lo que le había permitido dejar atrás su pasado. Había trabajado duro para montar un imperio aún mayor que el de Benedict, un imperio que compensaba con creces los miserables meses que había pasado viviendo en la calle de pequeño.

Pero ahora que su mentor estaba muerto, supuso que un breve matrimonio con Isabella no le vendría mal para quitarse esa comezón que ella le provocaba, desde hacía siete años exactamente, y al mismo tiempo le haría un favor a Isabella.

Desde que la conocía, Isabella no había hecho más que montar números y avergonzar a su padre.

Había sido la típica jovencita rica, mimada, vaga e irresponsable, y seguía lo mismo ahora que ya era adulta. Seguía siendo una vividora con un cuerpo que era un pecado.

Él no podía estar en el mismo país que ella sin empalmarse, cosa que le irritaba sobremanera. La atracción que esa mujer ejercía sobre él le fastidiaba; el poder femenino que Isabella ejercía sobre él era algo distinto a lo que experimentaba con las demás mujeres.

Andrea se enorgullecía de su habilidad para controlar los impulsos más primarios, había líneas que nunca cruzaba. Sería arriesgado casarse con ella, pero estaba preparado para asumirlo. Ese matrimonio les procuraría lo que ambos querían.

A Isabella le quedaban menos de veinticuatro horas para encontrar un marido.

Pero aún no lo había encontrado.

O quizá no había querido encontrarlo.

No porque no quisiera el dinero. Él sabía que lo que más deseaba Isabella era el dinero. ¿Cómo si no iba a seguir llevando la vida que llevaba? Sí, no le iba a quedar más remedio que casarse con él para conseguirlo, por eso él se había anticipado y ya tenía listo el papeleo. Se casarían por la mañana o ella perdería su herencia.

Y una vez que Isabella luciera en el dedo el anillo de casada, y él también, el negocio estaría a salvo.

Andrea la vio tan pronto como entró en el restaurante. Isabella estaba sentada en el bar, con un vestido corto de lamé plateado que dejaba al descubierto sus largas y delgadas piernas, mucho pelo y un montón de joyería barata. El sueño de un adolescente. No pudo evitar sonreír. Sabía que acabaría aceptando su proposición matrimonial, pero se lo estaba poniendo lo más difícil posible. ¿Acaso pensaba que ese aspecto de chica fiestera iba a disuadirle?

Los ojos de ella lanzaron un brillo desafiante al verle.

–Llegas con retraso.

Andrea se sentó en el taburete contiguo y resistió el impulso de acariciarle un muslo.

–Te he mandado un mensaje para decirte que iba a llegar tarde.

Isabella alzó la barbilla.

–No me gusta que me hagan esperar –declaró ella con voz gélida.

–Es comprensible, teniendo en cuenta lo poco que te queda para encontrar un marido –comentó Andrea arqueando una ceja–. A menos, por supuesto, que hayas encontrado uno en las últimas dos horas.

La mirada que ella le lanzó fue tan fría como su voz.

–No, todavía no. Pero no he perdido la esperanza.

Andrea jugueteó con un rizado mechón de cabello de Isabella mientras le sostenía la mirada. Ella no apartó la cabeza, pero la vio tragar saliva y también advirtió cómo se le dilataban las pupilas. Olió las exóticas notas del perfume de Isabella y, con cuidado, le colocó el mechón de pelo detrás de la oreja.

–Bueno, aquí estamos, la primera vez que salimos juntos.

Los ojos de Isabella lanzaron destellos explosivos. Entonces, agarró su copa y bebió.

–Para empezar, ¿por qué no dices lo que tienes que decir? Cuanto antes acabemos, mejor.

–Me gusta cómo vas vestida –Andrea clavó los ojos en el delicioso escote de Isabella–. Hace años que no te veo tan… al descubierto.

Las mejillas de ella enrojecieron al tiempo que sus labios se apretaron hasta casi desaparecer.

–Me ha parecido el atuendo apropiado, dado que sospecho lo que vas a decirme.

–Me necesitas, Isabella. Admítelo. Me necesitas desesperadamente.

–No es verdad, no te necesito.

Andrea le agarró una mano, se la llevó a los labios y la besó.

–Cásate conmigo.

De los ojos de Isabella se desprendieron chispas azules y verdes, los músculos de su mano se contrajeron.

–¡Vete al infierno!

Andrea le apretó la mano.

–Si mañana por la mañana no has encontrado marido, lo perderás todo. Piénsalo, Isabella. Vas a perder mucho dinero si no aceptas ser mi esposa durante seis meses.

Vio indecisión en el rostro de ella: dudas, temores, cálculos… Isabella se había criado rodeada de lujo, no le había faltado nunca nada, pero no parecía ser consciente de ello. Había desperdiciado la educación que podría haber tenido. Debido a su comportamiento rebelde y la falta de logros académicos, la habían expulsado de varios colegios. Había saboteado todas las oportunidades que su padre le había brindado. Se comportaba como una niña mimada egoísta que esperaba heredar todos los bienes de su padre sin hacer nada por merecérselo. No era extraño que aún no hubiera conseguido un marido, teniendo en cuenta su mala fama.

Sin embargo, últimamente, Andrea se preguntaba con frecuencia si, en el fondo, Izzy no sería distinta de la imagen que daba. Tenía la impresión de que Isabella quería que todo el mundo pensara mal de ella. Isabella jamás se defendía de la mala publicidad. Era como si estuviera representando un papel, igual que estaba haciendo en esa cita, vestida de forma tan estrafalaria. Sin embargo, a pesar del atuendo vulgar que llevaba y de las numerosas capas de maquillaje que ensuciaban su rostro, él notaba en ella gestos que denotaban inseguridad.

Andrea sabía que la mayoría de la gente no la consideraba la mujer ideal para casarse, pero la situación de él requería una esposa con urgencia. Además, estaba convencido de que podría manejar a Izzy.

Los ojos de ella se endurecieron en ese momento, como si hubiera recuperado la seguridad en sí misma. Isabella apartó su mano y se la frotó.

–Lo peor que podría pasarme en este mundo es casarme contigo.

–No será un matrimonio en el pleno sentido de la palabra, solo una cuestión de papeles.

Isabella agrandó los ojos y abrió la boca.

–¿Solo… una cuestión de papeles?

–Eso es lo que he dicho.

Isabella parpadeó varias veces, despacio, como si le pesaran los párpados.

–¿Me das tu palabra?

Andrea la miró fijamente a los ojos.

–¿Me das tú la tuya?

–Estás suponiendo que voy a aceptar tu proposición –dijo ella apretando los labios.

Andrea le agarró la mano izquierda y le acarició el dedo anular, el dedo sin anillo. El cuerpo de ella tembló como si él le hubiera provocado un pequeño terremoto. A él le ocurrió lo mismo, su cuerpo también se tensó; se excitó, el deseo hizo que le hirviera la sangre. Un deseo que estaba decidido a ignorar porque, al decir que iba a ser un matrimonio solo de nombre, eso era justo lo que iba a ser. Aunque para ello tuviera que sujetarse poniéndose una camisa de fuerza.

–No tienes más remedio que aceptar y lo sabes –Andrea soltó la mano de Isabella y se metió la suya en el bolsillo de la chaqueta. De ahí sacó una pequeña caja de terciopelo negro con un anillo.

–Si no te gusta puedes cambiarlo.

Isabella clavó los ojos en la caja, los achicó y, de las dos pequeñas ranuras, solo salió odio.

–¿Tan seguro estás de que voy a aceptar?

–Soy la única posibilidad que tienes de conseguir ese dinero. Aunque, por casualidad, consiguieras encontrar a alguien que quisiera casarse contigo en el último momento, no te daría tiempo de hacer el papeleo. Yo ya me he encargado de ello. Tengo un abogado y un juez esperando. Cásate conmigo o piérdelo todo.

Isabella abrió la caja y sacó el anillo de brillantes y zafiros. Se tomó su tiempo examinándolo. Después, volvió a clavar la mirada en él y esbozó una sonrisa que no le llegó a los ojos.

–¿Quieres que lleve esto en el dedo?

–Esa es la idea.

Isabella se bajó del taburete, le agarró de la corbata, acercó el anillo al cuello de su camisa y lo dejó caer por la abertura. El anillo le cayó hasta anclarse en su estómago.

–Gracias, pero no –para dar peso a sus palabras, Isabella le dio unas palmadas en el vientre.

Andrea le agarró la mano, la aprisionó contra su vientre y los músculos de este se contrajeron.

–Te doy dos minutos para que decidas; después, no habrá nada que hacer. Nada. ¿Entendido?

Capítulo 3

DOS MINUTOS? Izzy sintió en su pecho el paso del tiempo como si de una bomba de relojería se tratara. Quería marcharse de allí. Quería borrarle esa sonrisa burlona de un bofetón. Quería arañarle la cara y darle patadas en las espinillas.

Pero, por otra parte, también quería agarrar ese precioso anillo de debajo de la camisa de Andrea y ponérselo en el dedo para no perder su herencia.

Andrea le había ofrecido un matrimonio solo de nombre, pero el cuerpo y los ojos de él prometían algo muy distinto. Era una promesa erótica. Si se casaba con él, no tendría que preocuparse nunca por el dinero. Podría lograr su sueño, comprar la casa donde se había criado su madre y convertirla en un lugar al que la gente pudiera ir y pudiese ser tan feliz como Hamish y ella habían sido allí.

No tendría nunca problemas económicos. No tendría que trabajar por un salario miserable debido a que no tenía estudios. Una vez que pasaran seis meses, sería completamente libre. No le debería nada a nadie. No tendría que someterse a nadie.

Pero, si se casaba con Andrea, no podría evitar su compañía. Tendría que compartir su vida. Y también, en contra de lo que él había dicho, acabarían compartiendo la cama. Había visto deseo en los ojos de él. Lo había sentido en su cuerpo. Lo notaba en la atmósfera que respiraban.

¿Se atrevería a aceptar el plan de Andrea? ¿Se atrevería a casarse con un hombre al que odiaba y deseaba en igual medida?

Izzy le miró a los ojos y se dio cuenta de que no podía rechazar esa proposición. No le quedaba más remedio que fiarse de Andrea. No le quedaba más remedio que… fiarse de sí misma. Andrea la tenía acorralada y lo sabía. Lo había organizado todo. Había estado seguro de que ella iba a aceptar.

¿Por qué no había puesto más empeño en encontrar a un hombre para casarse? ¿Por qué lo había dejado para última hora? ¿Por qué había desperdiciado su última oportunidad de escapar de Andrea?

«Quizá porque no querías escapar de él».

Izzy se negó a prestar atención a la voz de su conciencia. Había querido alejarse de Andrea. Le odiaba. Le detestaba por haber conquistado el cariño y la atención que su padre le había negado a ella. Andrea era un hombre rico debido a su propio esfuerzo, un hombre que creía que podía conseguir a cualquier mujer que quisiera.

Bien, se iba a llevar una decepción, porque ella le iba a obligar a cumplir que su matrimonio fuera tal y como habían acordado, un matrimonio solo de nombre.

Isabella respiró hondo, volvió a sentarse en el taburete y extendió la mano.

–Está bien. Dame el anillo.

–Acércate y agárralo tú –le dijo él mirándola fijamente a los ojos.

Siempre era así entre los dos, una lucha de voluntades. No soportaba que él ganara, no soportaba permitirle ejercer tanto poder sobre ella. La única forma de manejar la situación era enfrentándose a sus desafíos, demostrándole que era inmune a él, aunque no fuera así, aunque nunca lo hubiera sido. Simplemente, trataba de engañarle.

Izzy decidió armarse de valor. Se casaría con él, pero ni siquiera se tocarían... Bueno, después de que le sacara el maldito anillo de debajo de la camisa.

Respiró hondo, se plantó entre las piernas de él, le agarró la corbata y se la echó por encima del hombro izquierdo. Le desabrochó un botón hacia la mitad de la fila de botones de la camisa, justo por encima del ombligo, y el vello de él le cosquilleó los dedos. Desabrochó dos botones más y casi se mareó.

Conteniendo la respiración, se aventuró a lanzar una mirada fugaz al rostro de él y captó el burlón brillo de los ojos de Andrea que, en ese momento, le puso las manos en la cintura. Le dio un vuelco el estómago.

–Caliente, caliente –dijo él con voz ronca.

Izzy tuvo que recordarse a sí misma que debía respirar mientras le desabrochaba un botón más y metía la mano por debajo de la camisa de él en busca del anillo. Andrea respiró hondo y se estremeció ligeramente, como si el roce de los dedos de ella le estuviera produciendo descargas eléctricas. Entretanto, las manos de él, ahora en sus caderas, le estaban derritiendo los huesos, haciéndola arder.

Por fin, encontró el anillo, lo sacó y dio un paso atrás; pero los poderosos muslos de Andrea la aprisionaron.

–¿Qué haces? –preguntó Izzy casi sin respiración.

Andrea abrió una mano, exigiendo el anillo.

–Creo que es el hombre quien tiene que ponerle el anillo a su futura esposa.

Izzy dejó caer el anillo en la palma de la mano de él. Andrea le deslizó la sortija por el dedo anular y le dedicó una sonrisa acompañada de un brillo peligroso.

–¿Me harías el honor de casarte conmigo, Isabella?

Izzy nunca le había detestado tanto como en ese momento. Se estaba burlando de ella. Estaba pulverizando su amor propio. Se estaba deleitando en el poder que, en ese momento, tenía sobre ella.

Quería controlarla.

–Sí, me casaré contigo –las palabras que salieron de su boca le supieron tan amargas como la bilis.

Andrea separó las piernas y ella, de repente, se encontró libre. Una falsa libertad, ya que el anillo era realmente un yugo.

Andrea se levantó del taburete y le ofreció la mano.

–Tenemos una cita con un abogado y con el juez de paz que nos va a casar dentro de quince minutos. Una vez que acabemos con eso, volveremos y cenaremos para celebrar nuestro matrimonio.

Izzy miró en dirección al comedor del restaurante, desesperada por retrasar lo inevitable.

–¿No tienes que decirle al maître que nos guarde la mesa?

–Ya se lo he dicho –respondió Andrea sonriendo.

Izzy parecía una estatua de piedra durante la breve ceremonia. Cinco minutos antes, había firmado un contrato prematrimonial delante del abogado de Andrea. No le había importado. No obstante, ¿había pensado Andrea que iba a reclamarle dinero una vez que el matrimonio llegara a su fin?

No quería el dinero de él, lo que quería era el suyo.

Izzy intentó no pensar en las palabras que se dijeron el uno al otro, en los votos; y tampoco en cómo iba vestida. ¿Por qué había sido tan estúpida y cabezota? En fin, ¿qué importancia podía tener? Solo estaba pronunciando unas palabras que no significaban nada para ella. Y a Andrea le ocurría lo mismo.

Intentó pensar en el dinero. Montones de dinero que le permitirían comprar, recuperar la casa de sus abuelos y convertirla en algo especial, algo que honrase la memoria de su madre y de Hamish. La casa de sus abuelos había sido vendida tras su muerte a causa de un accidente automovilístico poco después del fallecimiento de Hamish, su padre había insistido en utilizar ese dinero para invertirlo en los negocios. Incluso de recién casados, su padre había echado mano del dinero de su mujer para levantar su imperio económico; después, le había dicho a todo el mundo que lo había hecho con su propio esfuerzo. Su madre nunca había tenido la valentía de encararse con él. Le había entregado todo lo que tenía: su dinero, su orgullo y su amor propio.

Pero ella no iba a ser esa clase de esposa, la clase de esposa que decía a todo que sí. No iba a someterse a la voluntad de Andrea, al contrario de lo que le había ocurrido a su madre con su marido.

Izzy iba a ser fuerte e iba a desafiar a Andrea hasta el amargo e inevitable final.

Andrea le deslizó el sencillo anillo de casada de oro blanco por el dedo. Su mirada parecía decir: «Misión cumplida».

A Izzy le sorprendió que él también estuviera dispuesto a llevar su anillo de casado, que ella, a su vez, le colocó en el dedo.

–En este momento os declaro marido y mujer –dijo el juez sonriendo a Andrea–. Puede besar a la novia.

Andrea soltó las manos de ella y declaró:

–No será necesario.

Izzy se lo quedó mirando mientras trataba de disimular su sorpresa. ¿O era alivio lo que sentía? No, no era alivio, sino furia. Cólera contenida. ¿Por qué no quería besarla Andrea? Al fin y al cabo, era parte de aquella farsa, era algo que debían hacer de cara a la galería.

Una profunda ira, fría y dura, se apoderó de ella. ¿Cómo se atrevía Andrea a ponerla en ridículo delante del juez y de los testigos? Maldito hombre. Pero no se iba a conformar, iba a obligarle a besarla.

Con expresión fingidamente dulce, le miró a los ojos.

–Cariño, estaba deseando que llegara esta parte de la ceremonia. Sé que no te gustan las demostraciones de afecto en público, pero… ¿en esta ocasión tan especial? No querrás que piensen que no me quieres, ¿verdad?

Andrea la miró a los ojos antes de clavar los suyos, oscurecidos, en la boca de ella. Entonces, sus bocas entraron en contacto, un roce suave, como el de una pluma, al principio. Después, él presionó, sellándole la boca al tiempo que, con una mano en su espalda, la estrechaba contra sí.

Izzy había disfrutado, y muchas veces soportado, besos. Pero jamás había sentido lo que la boca de Andrea le estaba haciendo sentir. Era algo eléctrico, excitante y erótico. La barba incipiente de él le raspó el rostro, haciéndola temblar de los pies a la cabeza.

Andrea abrió la boca y le lamió el labio inferior con una lentitud que hizo que las piernas estuvieran a punto de doblársele. Se agarró a las solapas de la chaqueta de él para sostenerse, para apretarse contra él. Pero con ello solo consiguió desearle más.

Mientras continuaban besándose, Izzy se oyó gemir, traicionándose a sí misma. Su único consuelo era que Andrea parecía estar disfrutando tanto como ella.

Entonces… todo se acabó.

Andrea apartó las manos de ella y dio un paso atrás. Su expresión era inescrutable.

–Si no vamos ya, nos van a quitar la mesa –dijo Andrea.

Esas palabras fueron como una bofetada e Izzy se preguntó si no se habría imaginado el beso que se habían dado. Pero, en ese momento, vio a Andrea pasarse la lengua por los labios, como si aún estuviera relamiéndose del sabor de ella.

Izzy esperó a estar dentro del taxi, que iba a llevarles de vuelta al restaurante, para encararse con él.

–¿A qué ha venido todo eso?

Andrea estaba mirando unos mensajes que le habían enviado al móvil y ni siquiera levantó la cabeza.

–¿A qué te refieres? –preguntó él sin mostrar ningún interés, como si estuviera en un taxi con una desconocida con la que no tenía nada de que hablar.

Izzy le arrebató el móvil y le miró furiosa.

–¿Te importaría mirarme cuando te hablo?

La expresión de él no mostró tensión, pero ella la sintió. Andrea era un especialista en ocultar lo que sentía, pero su lenguaje corporal sugería que le estaba costando controlarse más de lo que le gustaría.

–¿Te refieres a ese beso? –Andrea le miró los labios; después, los ojos, pero lo hizo con dureza y frialdad, al tiempo que esbozaba una cínica sonrisa–. Creía que habíamos quedado en que nuestro matrimonio solo iba a ser de nombre, nada más. ¿O has cambiado de idea?

Izzy lanzó una falsa carcajada. Entonces, le devolvió el móvil, con cuidado de no rozarle siquiera.

–Ni en sueños, Vaccaro.

–Cuando estemos con otra gente, será mejor que me llames por mi nombre de pila y que, además, utilices palabras afectivas y cariñosas –declaró él con una nota autoritaria en la voz que la encolerizó–. No voy a permitir que hagas nada que pueda sugerir que nuestro matrimonio no es normal. ¿Entendido?

Izzy miró al conductor del taxi, detrás de una separación de cristal que le impedía oír lo que decían. Entonces, se volvió a Andrea, furiosa.

–¿Crees que voy a hacer lo que tú quieras? Si es así, será mejor que lo olvides. No te has casado con un felpudo.

–No. Me he casado con una niña mimada que, a los veinticinco años, no sabe comportarse como una mujer adulta –contestó él con seriedad y dureza–. Nos pelearemos todo lo que quieras en la intimidad; pero, en público, nos comportaremos como cualquier otra pareja de recién casados, enamorados y entregados el uno al otro.

Izzy cruzó los brazos para no darle un bofetón.

–¿Y si no quiero?

Andrea la miró fijamente.

–Si alguno de los dos decide renunciar a este matrimonio antes de que se cumplan seis meses, serás tú la que va a perderlo todo. Te interesa tenerme contento. Yo tengo mucho menos que perder que tú.

Izzy frunció el ceño.

–¿Qué vas a sacar tú de este matrimonio exactamente? Aún no me has dicho por qué querías casarte conmigo –le avergonzaba no haberlo preguntado antes. Aunque, en realidad, no había dispuesto de mucho tiempo. No obstante, la hacía parecer tonta e ingenua.

Andrea se metió el móvil en un bolsillo de la americana.

–Mis motivos son muy sencillos. En estos momentos, me viene bien estar casado durante unos meses –Andrea le dedicó una sonrisa falsa–. Los dos necesitábamos casarnos, por diferentes motivos, y aquí estamos.

–Pero… ¿por qué yo?

Andrea se encogió de hombros.

–Más vale lo malo conocido que lo bueno por conocer.

«Tú a mí no me conoces». Pero Izzy se tragó esas palabras. No quería que Andrea la conociera… ¿o sí? Erradicó esos pensamientos.

–¿Qué crees que va a pensar la gente de nuestro matrimonio? ¿Y los de la prensa? Nunca se nos ha visto juntos, aparte de en algunas de las fiestas de mi padre. Y en el funeral apenas me dirigiste la palabra.

–Ya he informado a los medios de comunicación –Andrea palmeó el móvil que tenía en el bolsillo–. Cuando lleguemos al restaurante, ahí estarán, esperándonos.

Izzy, presa del pánico, abrió la boca.

–¡No puedo presentarme vestida así! ¿Qué van a pensar?

–Deberías haberlo pensado antes –respondió él con una sonrisa maliciosa.

Izzy se inclinó hacia delante y dio unos golpes en el cristal de separación del taxi.

–Pare –le dijo al taxista.

El taxista miró a Andrea.

–¿Señor?

–Continúe –dijo Andrea, también inclinándose hacia delante.

–No. Ni se le ocurra seguir –insistió Izzy, pero Andrea le agarró un brazo–. Suéltame. Quiero bajarme del taxi. Esto es un secuestro. Esto es…

–Esto es que asumas la responsabilidad de tus actos –declaró él con mirada oscura, impenetrable.

Izzy se pasó la lengua por los labios resecos mientras el corazón le golpeaba el pecho. No podía. No podía permitirle que la obligara a hacer el ridículo. Tendría que cambiar de táctica.

–Por favor, Andrea –dijo ella al tiempo que se zafaba de él y se llevaba las manos a las sienes–. ¿Podría ir antes a casa para cambiarme? Henri's es un restaurante de lujo. No sabía lo que iba a pasar esta noche. Ha sido todo tan repentino... Yo...

–Has dispuesto de tres meses para encontrar marido.

Izzy se cubrió la boca y la nariz con una mano. No quería ponerse en ridículo delante de él, permitirle que viera lo vulnerable que se sentía. Debía ser fuerte. Fuerte e invencible; de lo contrario, se derrumbaría.

No sería la primera vez que se sentía al borde del precipicio.

Se había esforzado mucho para sentirse fuerte otra vez.

«No debes llorar. No debes llorar. No debes llorar».

–Lo sé, pero... me daba miedo cometer una equivocación, casarme con un hombre del que no pudiera fiarme, un hombre que lo pusiera todo difícil –Izzy bajó la mano y miró a Andrea–. No se trata de una situación normal, ¿verdad? ¿Cuántos padres harían a sus hijas lo que el mío me ha hecho a mí? ¿La única hija que le quedaba?

Andrea la miró fijamente unos instantes.

–Tu padre te quería, pero le decepcionabas constantemente. Le dolía muchísimo que no aprovecharas las oportunidades que él te dio.

Izzy cerró los ojos y se recostó en el respaldo del asiento.

–Sí, así soy yo, una constante decepción –Izzy lanzó un suspiro.

Se hizo un prolongado silencio. Después, Andrea se inclinó hacia delante y descorrió el cristal que les separaba del conductor.

–Cambio de planes.

Capítulo 4

ANDREA ESPERÓ en el cuarto de estar a que Izzy se cambiara de ropa. Intentó no pensar en el beso que se habían dado al final de la ceremonia, un beso que había estado a punto de hacerle perder el control. Después de años de soñar con besarla, no se había visto decepcionado. La boca de Izzy era suave y tan apasionada como se había imaginado. Más aún. Había sido como probar un delicioso néctar del que temía no poder saciarse.

Seguía saboreándola. Seguía sintiendo las caricias de la lengua de Izzy y sus hermosos senos contra su duro pecho. Y quería más, igual que un adolescente. Se enorgullecía de su autocontrol y, sin embargo, esos suaves labios le tentaban a cambiar los términos del acuerdo al que habían llegado.

Sí, Izzy le tentaba mucho. Era un verdadero peligro.

¿Por qué Izzy le afectaba tanto? Mientras se besaban, había llegado a olvidar dónde estaban y en presencia de quiénes estaban. Con todos sus sentidos centrados en ella, pensando solamente en lo mucho que la deseaba. La sangre le había hervido en las venas.

¡Maldición, seguía hirviéndole en las venas!

Necesitaba algo más que una ducha fría. Necesitaba un baño de hielo. Necesitaba controlarse a sí mismo. Deseaba a Izzy, la deseaba con desesperación, pero eso no significaba que fuera a dejarse llevar por el instinto. No iba a permitir que su relación se complicara.

Andrea paseó la mirada por la estancia y se preguntó cómo una mujer joven de familia rica podía vivir en un espacio tan reducido y abigarrado. El mobiliario parecía de segunda mano y, aunque de moda, distaba mucho del lujo al que ella estaba acostumbrada. Izzy, obstinadamente, se había negado a vivir en el piso de Hampstead que su padre le había regalado al cumplir los veintiún años. Ahora era parte de su herencia, aunque llevaba alquilado cuatro años.

¿Vivía Izzy como una estudiante pobre solo por contrariar a su padre?

Fue entonces cuando su mirada se posó en un montón de libros de texto encima de una mesa al lado del sofá en la que también había un ordenador portátil. Se fijó en los títulos, todos ellos sobre trabajo social, y frunció el ceño. ¿Esos libros pertenecían a la compañera de piso de Izzy o Izzy estaba estudiando por Internet? Quizá el ambiente de estudiante pobre del piso era una realidad. No obstante, Izzy se había apuntado a muchos cursos en el pasado y había fracasado estrepitosamente.

A Andrea siempre le había costado entender la actitud de ella hacia su padre. Por su parte, siempre había considerado a Benedict Byrne un padre perfecto y seguía pensando que Benedict no se había merecido nunca el comportamiento de Izzy para con él. La actitud rebelde de ella había avergonzado enormemente a Benedict y le había causado mucho dolor.

Andrea no conseguía simpatizar con Izzy porque el único padre que había conocido había sido su padrastro, un sinvergüenza que había dado un sinfín de palizas a su madre. Y, cuando él trató de defenderla en una ocasión, su padrastro le puso de patitas en la calle.

A los catorce años de edad.

Andrea no soportaba recordar el pasado. Ya no era el chico aterrorizado sin un techo sobre su cabeza. El chico preocupado por su madre que, al ir al día siguiente a por ella para ayudarla a escapar después de que su padrastro le echara de casa, su desesperación fue absoluta cuando su madre le pidió que se marchara, que ya no quería nada con él. Su madre había preferido quedarse con su violento marido a marcharse con su hijo. Durante días le había sangrado la herida que el golpe de su padrastro le había causado, una cicatriz era muestra de ello, el permanente recuerdo de una terrible relación.

De no haber sido por el afortunado y accidental encuentro de él con el padre de Izzy, no sabía qué habría sido de él. Había pasado de mendigar por las calles, pidiendo comida delante de los hoteles y restaurantes, a ser el propietario de algunos de los hoteles más lujosos de Europa. Con la ayuda de Benedict, ahora tenía una vida muy diferente a la de su infancia, un futuro prometedor.

Y, durante los próximos seis meses, ese futuro incluía a Izzy, como su esposa.

Izzy apareció con un vestido azul marino que le llegaba a la rodilla, mangas tres cuartos, y unos zapatos de tacón de terciopelo. El color del vestido acentuaba el azul de sus ojos, un azul inalcanzable en esos momentos, tan impenetrable como una lejana galaxia en medio de una oscura noche. Le brillaban los labios, y él no pudo evitar pensar en el beso. En el sabor de ella. En cómo Izzy había respondido. En cómo el ardor de ella había encendido el suyo.

–Ya estoy lista.

Andrea señaló los libros de texto y el ordenador.

–¿Es esto tuyo?

–Sí. ¿Y qué? –respondió Izzy alzando la barbilla.

–¿Estás sacándote un título?

Izzy apartó los ojos de él.

–¿Y qué si estoy estudiando para sacarme un título?

–Isabella –Andrea le rozó la mano y ella clavó los ojos en los suyos.

Andrea sabía que no debería tocarla, pero la tentación estaba siempre ahí, al acecho. Izzy era como una droga imposible de resistir. Y ahora que la había besado, que la había tenido en sus brazos, iba a tener que hacer un esfuerzo ímprobo para controlarse.

Izzy apartó la mano inmediatamente.

–¿Y? –le instó ella con voz gélida.

–Me parece estupendo que estés estudiando. En serio –Andrea estiró y contrajo los dedos para deshacerse del hormigueó que el roce con ella le había provocado–. ¿Estás estudiando para hacerte trabajadora social?

–Fui a unas clases extras por la noche para pasar

el examen de ingreso. Ahora… me las apaño más o menos.

–Estoy seguro de que vas bien –dijo Andrea, preguntándose si, en el pasado, Izzy no había fracasado en los estudios más por elección que por falta de habilidad–. Tenemos que hablar de cómo vamos a vivir. Mejor dicho, de cómo y dónde vas tú a vivir.

Izzy abrió desmesuradamente los ojos.

–¿Qué?

–Ahora que estamos casados, se espera de nosotros que vivamos bajo el mismo techo y…

–No voy a vivir contigo –Izzy se apartó de él y, desde el otro lado de la estancia, se volvió y le lanzó una furiosa mirada–. Lo tenías todo planeado, ¿verdad? Has conseguido que me case contigo y ahora quieres que me vaya a vivir contigo. Pues no, no voy a hacerlo. No voy a vivir contigo.

–He dicho bajo el mismo techo, no en la misma cama –declaró Andrea con frialdad–. Aunque, si cambiaras de idea, no me opondría a satisfacer tus deseos.

«¿Qué demonios estás haciendo?». Pero Andrea no quería oír la voz de su conciencia. Su conciencia se podía ir a tomar el fresco. Deseaba a Izzy y ella le deseaba a él. Sintió el deseo de ella como si de una corriente de aire se tratara, la misma corriente que le sacudía el cuerpo a él.

Izzy tenía las mejillas encendidas y las manos cerradas en dos puños.

–No voy a cambiar de idea. Te detesto. Me das asco.

–No era eso lo que me pareció cuando me besaste al final de la ceremonia.

Los ojos de ella lanzaron chispas venenosas.

–Fuiste tú quien me besó.

–Pero porque tú me lo pediste, ¿no te acuerdas? Casi me lo rogaste…

Izzy agarró un cojín y se lo tiró, pero no dio en la diana y tiró una foto enmarcada.

Andrea se agachó, recogió el cojín y la foto, dejó la foto al lado de la lámpara, encima de la mesa de la que había caído, y colocó el cojín en el sofá.

–A partir de ahora, nada de violencia. Nunca. Bajo ninguna circunstancia.

La expresión de ella mostró un profundo resentimiento.

–Me has provocado.

–Eso no importa. Al margen de cualquier provocación, es inaceptable tirar algo a alguien, ni siquiera un cojín. Yo tampoco lo haré, de eso no te quepa duda. Tienes derecho a sentirte segura conmigo. Eso te lo prometo.

Izzy se mordió el labio inferior y le miró fijamente.

–De acuerdo. Pero sigo sin querer vivir contigo.

–Me temo que eso no es negociable –respondió Andrea–. Mañana por la mañana me encargaré de que una empresa de mudanzas venga a recoger tus cosas. Esta noche la pasaremos en mi hotel de Mayfair. Mañana tomaremos un avión para ir a Italia, a mi villa de Positano.

–Pero… ¿y mi alquiler aquí? –preguntó ella frunciendo el ceño–. Tengo que pagar el alquiler aunque no esté aquí, mi compañera de piso…

–Yo hablaré con el casero y con tu compañera de piso, me encargaré de pagar.

–¿Y mi trabajo?

–Mañana presentarás tu dimisión y, en vez de trabajar, te dedicarás a tus estudios. No necesitarás trabajar a menos que eso sea lo que quieras hacer. No tomarás posesión de tu herencia hasta pasados seis meses; pero, hasta entonces, te pasaré una mensualidad, generosa, para que no te falte de nada.

Los ojos de Izzy volvieron a lanzar chispas.

–Solo mi libertad.

–Isabella –Andrea lanzó un prolongado suspiro–, tu libertad depende de cumplir las condiciones impuestas por tu padre en el testamento. Estoy facilitándote las cosas. Así que… lo menos que puedes hacer es agradecérmelo.

Izzy hizo una mueca burlona.

–¿Quieres que me ponga de rodillas delante de ti y te muestre mi gratitud ahora mismo?

Algo se movió en su entrepierna tras el erótico desafío. No se le ocurría nada mejor que la lengua y la boca de Izzy para satisfacer su deseo. ¿Había deseado alguna vez a una mujer tanto como deseaba a Izzy? Despertaba en él instintos primitivos, una pasión que apenas podía controlar. Cada vez la deseaba más, era como un virus. Estaba loco por ella.

–Mete en una bolsa de viaje lo que necesites para pasar la noche –dijo él haciendo acopio de toda la fuerza de voluntad que poseía–. Te esperaré en el taxi.

Izzy guardó silencio en el taxi hasta que se detuvo delante de la entrada del lujoso hotel de Andrea en

Mayfair. Los reporteros esperaban arremolinados bajo el toldo carmesí y dorado de la entrada del antiguo edificio.

¿Les había informado Andrea de su llegada con antelación o los periodistas habían asumido que la llevaría allí a pasar la… la noche de bodas? Al fin y al cabo, allí era donde Andrea vivía cuando estaba en Londres; aunque, la mayor parte del tiempo, residía en una casa que tenía en Positano y en otra que tenía en Florencia.

Izzy le miró frunciendo el ceño.

–¿No íbamos a ir a Henri's a cenar?

–Ha sido un día muy largo –respondió él con un aire de confianza en sí mismo reflejado en el brillo de sus ojos–. Creo que a los dos nos vendría bien acostarnos pronto, ¿no te parece?

Izzy no pudo controlar un ligero temblor que le recorrió el cuerpo. Era como si le hubieran inyectado champán en las venas, la sangre le burbujeaba y el corazón le latía con fuerza, apenas podía contener una excitación prohibida.

Pero no podía. No podía quedarse a solas con él sin antes recuperar el control sobre sí misma. Carecía de defensas contra la atracción que sentía por él. Tenía miedo a que fuera una batalla perdida.

–Tenía ganas de cenar en Henri's. Es uno de mis restaurantes preferidos. Tengo hambre y…

–No te preocupes, encontraremos algo en mi hotel que consiga satisfacer tu apetito –algo en el tono de voz de Andrea le hizo pensar que no se estaba refiriendo a la comida precisamente–. Yo me encargaré de responder a los reporteros. Y no lo olvides, se supone que estamos locamente enamorados y, oficialmente, al principio de nuestra luna de miel.

Un portero del hotel se les acercó para sacar la bolsa de viaje de Izzy del taxi. Andrea la ayudó a abrirse paso a través del grupo de reporteros, aunque se detuvo el tiempo suficiente para decirles que les gustaría estar solos para celebrar su matrimonio. Les felicitaron con entusiasmo. Y, con algunos de sus comentarios, Andrea dio la impresión de que ella había estado esperando aquel momento casi toda su vida. Para vomitar. Estaba más furiosa que nunca. ¿Cómo se atrevía Andrea a decirle a todo el mundo que él le gustaba desde que era una adolescente?

No era verdad.

Jamás sería verdad.

Las cámaras se dispararon como pistolas, les acercaron los micrófonos con tanta agresividad que Andrea tuvo que protegerla alzando una mano a modo de escudo.

–Gracias. Gracias a todos –dijo él–. Por favor, déjennos solos, queremos disfrutar de nuestra primera noche juntos.

«Su primera noche juntos…».

Esas palabras la hicieron estremecer mientras se le aceleraba el pulso. El brazo de Andrea alrededor de su cintura era como un cable de acero; pero, por extraño que fuera, se sintió protegida. No se sintió tan violentada como de costumbre cuando los reporteros la acosaban. Andrea se había asegurado de que nadie se le acercara demasiado. Pero ese trato especial solo era de cara a la galería, Andrea estaba representando bien el papel de amante esposo delante de las cámaras. A pesar de ello, el desprecio que sentía por él disminuyó.

Andrea la condujo a un ascensor privado que solo utilizaba el personal del hotel. Cuando las puertas del ascensor se cerraron, el resto del mundo quedó fuera. Inmediatamente, ella se apartó hasta el fondo del elevador, cruzó los brazos y le lanzó una furiosa mirada.

Con indolencia, Andrea se apoyó en una de las paredes del ascensor.

–Parece que hemos despertado el interés de mucha gente, *cara* –la perezosa sonrisa de Andrea se multiplicó en los espejos del ascensor–. La heredera y *enfant terrible* con el multimillonario de la hostelería. Suena bien, ¿no?

Izzy apretó los dientes hasta que casi le dolieron.

–¿Crees que era necesario soltar tanta basura sobre mí? En mi opinión, no. No era necesario y a mí jamás me has gustado.

La mirada de él se paseó por su cuerpo, desnudándola con los ojos. Un intenso calor ancló en su entrepierna cuando Andrea, por fin, clavó los ojos en los suyos. Unos ojos ardientes. Unos ojos que hacían agujeros en su ropa.

–Siempre me has deseado, *cara*. Lo noto cada vez que me miras.

–Eso es lo que te pasa a ti –Izzy alzó la barbilla–. He notado cómo me miras. ¡Y, por favor, deja de llamarme *cara*!

Andrea pulsó el botón de emergencia del ascensor y este se paró. Igual que le ocurrió a la respiración de ella.

–¿Qué… qué haces?

Andrea se le acercó y se detuvo delante de ella, tan cerca estaba que sus muslos entraron en contacto. Andrea plantó las manos a ambos lados de su cabeza, arrinconándola con los brazos y con la espalda pegada a la pared. Los ojos marrones de Andrea taladraron los suyos.

–No niego que te desee, tesoro mío. Te deseo y mucho. Pero creo que tú me deseas más a mí, ¿no es verdad?

Andrea le separó las piernas con una suya e Izzy respiró con un jadeo cuando los duros músculos de él entraron en contacto con su pelvis.

Izzy no podía respirar. El corazón le latía con tanta fuerza que temió fuera a salírsele del pecho. Todos y cada uno de los poros de su cuerpo eran conscientes de Andrea. No podía dejar de mirar esos sensuales y viriles contornos de la boca de Andrea, que obraban magia contra los suyos. Se humedeció los labios mientras él la observaba.

–Puede que haya gente que esté esperando al ascensor –comentó Izzy con una voz que más parecía un graznido.

Andrea sonrió, sus ojos se oscurecieron aún más.

–Este es mi hotel. Mi ascensor. Y tú eres mi esposa.

Izzy había tenido la intención de apartarle de un empujón; pero, sin saber cómo, acabó agarrada a la camisa de él. Los pectorales de Andrea eran como bandejas de acero; su aroma, una fragancia cítrica, casi la mareó.

–Solo oficialmente.

–De momento –Andrea bajó la cabeza y le acarició la mejilla con la suya, enfebreciéndola–. Pero... ¿cuánto crees que va a durar así?

Un insoportable deseo se apoderó de ella, en oleadas, sacudiéndola hasta el punto de que apenas podía sostenerse en pie. ¿Había sentido alguna vez una pasión tan fuerte, tan sobrecogedora? Era como una fiebre, algo que le impedía pensar en cualquier cosa que no fuera lo que Andrea la hacía sentir.

–No voy a acostarme contigo, Andrea.

«Pero es lo que querría. Lo que quiero con desesperación».

Andrea acercó la boca a la suya hasta casi rozarla, sus alientos se mezclaron. La acarició con el muslo y las piernas de ella estuvieron a punto de doblarse.

–Lo pasaremos muy bien juntos, *cara*. Mejor que bien.

Izzy le agarró por la camisa con más fuerza, pero seguía sin apartarle de un empujón. «¿Por qué no lo haces?». La alarma de su conciencia era demasiado débil para prestarle atención. La pasión que Andrea despertaba en ella era demasiado fuerte, demasiado poderosa.

Izzy cerró la distancia que separaba sus bocas, apretó los labios contra los de él y le sintió responder.

Andrea, tomando el control, le acarició los labios con la lengua, le penetró la boca y se la devoró.

Izzy se apretó contra él, le rodeó el cuello con los brazos y hundió los dedos en sus cabellos. Se puso de puntillas para sentir aquel delicioso cuerpo contra el suyo todo lo posible que fuera. La fricción la hizo arder. Aplastó los senos contra ese duro pecho y, de repente, se dio cuenta de lo sensibles que eran, de que parecían estar anticipando las caricias de él, los lamidos, los pequeños mordiscos…

Gimió contra la boca de Andrea, quería más, necesitaba más, anhelaba más. Él continuó besándola, jugueteando con su lengua con eróticos movimientos. Sintió como si estallaran cohetes en su cuerpo. Nadie la había hecho sentir nada parecido. Hasta ese momento, había fingido para no admitir su fracaso.

Pero Andrea había desencadenado en ella una sensualidad que no creía haber poseído. La tensión de su pelvis aumentó, se acrecentó… Las piernas, los muslos… por todas partes sentía una insoportable desazón. No era capaz de pensar mientras Andrea continuaba frotándole el sexo con el muslo como si supiera lo que le estaba ocurriendo. No, no podía ser que estuviera sintiendo aquello… ¿cómo podía pasar con tanta facilidad? ¿Cómo podía Andrea tener tanto poder sexual sobre ella? ¿Cómo podía hacerla derretirse de esa manera?

Izzy jadeó mientras la ola subía y subía hasta el momento en que rompió con un estruendo, haciendo que sus sentidos estallaran en mil pedazos.

Izzy abrió los ojos y, al ver la expresión triunfal de Andrea, volvió a cerrarlos, apretando bien los párpados. ¿Por qué se lo había permitido? ¿Por qué le había permitido a Andrea dejarla hecha un trapo, incapaz de resistirse a la tentación de sus caricias? ¿Por qué no había opuesto resistencia? ¿Dónde estaba su fuerza de voluntad? ¿Dónde se había escondido su amor propio? ¿Por qué le había dejado salirse con la suya de un modo tan vergonzoso?

No era Andrea quien no podía controlarse.

Era ella. Y él se lo había demostrado.

Izzy no había creído posible odiar tanto a una persona por el simple hecho del placer que le daba esa persona. Si Andrea podía hacerle lo que le había hecho con solo un muslo, ¿cómo sería si hicieran el amor?

Andrea le alzó la barbilla.

–¿Qué te había dicho? Dinamita.

Izzy hizo acopio del poco orgullo que le quedaba. Le apartó de un empujón y adoptó una expresión de fría indiferencia.

–¿Cómo sabes que no estaba fingiendo?

Él la miró fijamente durante unos segundos.

–No tienes por qué avergonzarte de nada. Haré que nuestro matrimonio sea satisfactorio –Andrea apretó un botón y el ascensor se puso en marcha otra vez–, para los dos.

Cuando las puertas del ascensor se abrieron, Andrea la empujó poniéndole una mano en el codo. Izzy sabía que debería apartarle la mano, pero no lo hizo, le gustaba.

Andrea abrió la puerta de su ático y, después, se volvió hacia ella.

–¿Quieres que te levante en brazos para cruzar el umbral?

Izzy le lanzó una mirada asesina.

–Ni se te ocurra.

Capítulo 5

IZZY SE adentró en la suite y, a sus espaldas, oyó cerrarse la puerta con un «clic». Cuando Andrea se acercó a ella por la espalda, el corazón le dio un pequeño vuelco y le temblaron las piernas.

Era la esposa de Andrea.

Andrea era su marido.

Estaban solos.

En la suite del hotel de Andrea.

Sentía aún desazón en el cuerpo por la intimidad a la que él la había sometido. Una intimidad que no debería haber permitido. ¿Por qué no lo había impedido? ¿Por qué había dejado que Andrea le demostrara que le deseaba más que él a ella? La balanza del poder estaba de parte de Andrea.

Izzy respiró hondo y miró a su alrededor. El decorado de la suite era deslumbrante, pero no exagerado. Las arañas de cristal que colgaban del techo, la espesa alfombra gris blanquecino y los sofás tapizados en terciopelo azul grisáceo salpicados de cojines conferían a la estancia un ambiente acogedor y tranquilo. Las lámparas, con la luz reducida, proyectaban una suave luminosidad que dotaba a la estancia de una atmósfera íntima. Era una suite propia de un hombre; sin embargo, poseía toques delicados, como los jarrones con flores y las pequeñas mantas de cachemira posadas con elegancia sobre los sofás. Las cortinas eran de la misma tela que los sofás y estaban descorridas, mostrando la vista.

Izzy se paseó por la estancia, pero se detuvo para contemplar un cuadro en la pared; original, nada de copias, por supuesto. La suite comprendía una zona de comedor, adyacente al salón, un dormitorio y un cuarto de baño. Se asomó al dormitorio e inmediatamente vio su bolsa de viaje encima de una banqueta tapizada. Sin duda, la habían llevado mientras Andrea y ella estaban entretenidos en el ascensor.

Cerró la puerta del dormitorio, se volvió y miró a Andrea.

–¿Y el otro dormitorio?

–No hay ningún otro dormitorio –Andrea se quitó la chaqueta y la dejó en el respaldo de uno de los sofás–. Tendrás que dormir en el mío.

Izzy sintió un hormigueo en el estómago.

–¿Qué? ¿Qué clase de vivienda es esta que solo tiene un dormitorio?

La expresión de Andrea era inescrutable.

–¿Va a ser eso un problema para ti?

–Claro que es un problema –se alejó de él todo lo que pudo y le lanzó una mirada asesina–. Ya te he dicho que no voy a acostarme contigo. Quiero mi propio cuarto.

Izzy se cruzó de brazos y plantó los pies con firmeza en el suelo antes de añadir:

–Quiero una suite para mí sola.

Andrea, con indolencia, se aflojó la corbata sin dejar de mirarla.

–Me temo que eso es imposible.

–¡Eres el propietario de este hotel! –exclamó Izzy con voz estridente.

Sabía que su reacción, más propia de una virgen, podía considerarse excesiva dada la fama que tenía, pero no podía compartir habitación con él. Eso significaría compartir la cama también. Ya había compartido el ascensor con Andrea y… ¡cómo había acabado!

Andrea se quitó la corbata y la dejó junto a la chaqueta; después, se desabrochó dos botones de la camisa. La tranquilidad con la que se movía era lo opuesto a lo que ella sentía, lo que la enfurecía aún más.

–Exacto –dijo él con unos ojos imposiblemente oscuros–. Por eso es por lo que vas a quedarte aquí, en esta suite. No voy a permitir que mis empleados piensen que nuestro matrimonio es una farsa.

Izzy volvió a pasearse por la estancia, para evitar la tentación de desabrocharle el resto de los botones de la camisa. Con un esfuerzo ímprobo, apartó los ojos de ese moreno y musculoso pecho salpicado de vello. Tenía que controlarse. Se suponía que debía enfrentarse a él, resistirse a él, no mirarle boquiabierta como una hambrienta de sexo.

Andrea parecía disfrutar viéndola tan perdida. Mientras que él era la viva imagen de la calma y la tranquilidad. Parecía un gato a punto de lanzarse sobre un ratón que tenía acorralado, esperando el momento oportuno para clavarle las garras.

«No me va a clavar las garras».

Izzy enderezó la espalda.

–No creas que voy a acostarme contigo y a permitirte que vuelvas a tocarme. Si lo haces, gritaré y montaré un escándalo.

Andrea lanzó una profunda carcajada.

–No me molestan los gritos en mi dormitorio. Cuanto más altos, mejor.

Izzy se acercó a una de las ventanas. No podía permitirle que le hiciera eso, que la redujera a una niña enrabietada. Tenía que adoptar una actitud fría, no dejarse influir por él. Andrea la estaba humillando a propósito, porque sabía lo mucho que ella le odiaba. Estaba intentando llevar la voz cantante en su relación. Y ella le hacía un favor cada vez que se enrabietaba.

Tenía que cambiar de estrategia para llevarle la delantera.

«Piensa. Piensa. Piensa».

Izzy respiró hondo para calmarse y, de nuevo, se volvió de cara a él.

–Está bien, tú ganas. Me acostaré en tu cama. Pero te lo advierto, me muevo mucho cuando duermo.

Andrea no pareció dar muestras de satisfacción por haberla convencido. Y ella se preguntó qué estaría pensando tras esa impenetrable mirada.

–Quizá yo pueda hacer algo para que te relajes, ¿no?

Izzy se dio media vuelta para evitar que Andrea viera el deseo que estaba reprimiendo. ¿Por qué era él el único hombre que podía hacerle aquello, que podía excitarla sexualmente en la misma medida en que la enfurecía?

–Voy a darme una ducha.

Izzy empezó a caminar en dirección al dormitorio con el cuarto de baño.

–¿Y la cena?

–No tengo hambre.

–Puede que te entre hambre después de la ducha –dijo él–. Pediré que traigan comida.

Izzy cerró la puerta del dormitorio sin responder. Se apoyó en la puerta y lanzó un profundo suspiro mientras se preguntaba cómo iba a sobrevivir toda la noche acostada al lado de Andrea. Iba a ser algo semejante a una adicta al chocolate en una fábrica de chocolate a quien se le había prohibido probarlo. ¿Cómo iba a reprimirse para no tocarle? ¿Y si él la tocaba? Teniendo en cuenta que se deshacía con solo una mirada de Andrea.

¿Y sus defensas?

¿Y su fuerza de voluntad?

Se apartó de la puerta y se dirigió al lujoso cuarto de baño, de mármol, en los mismos tonos gris azulado que el dormitorio, con bañera blanca, dos lavabos y espejos con marcos plateados. Las toallas eran suaves y tan grandes como mantas, los toalleros plateados. La ducha era enorme, con una cabeza de ducha cuadrada. Olía a aceites esenciales y artículos de aseo en los lavabos, la ducha y la bañera. De un par de ganchos en la puerta colgaban dos albornoces gris azulado.

Izzy no pudo evitar preguntarse quién había sido la última mujer que había pasado allí la noche con Andrea.

Rechazó ese pensamiento, se desnudó y se metió en la ducha.

El lujo no era nuevo para ella. Durante su infancia y adolescencia, su padre siempre había insistido en hospedarse en los mejores hoteles por considerar que un hombre de negocios se merecía lo mejor. Pero el hotel de Andrea exhibía algo más que lujo; tenía clase, era sofisticado, glamuroso. La sencillez del diseño y la atención a los detalles apuntaban a un hombre que apreciaba las cosas buenas de la vida, pero sin hacer ningún alarde, sin llamar la atención.

Después de ducharse, Izzy se secó, se puso un camisón y se cubrió con uno de los albornoces. Se secó el pelo con un secador que encontró en uno de los cajones y después se lo recogió en una cola de caballo suelta. Contempló su rostro sin maquillaje y se preguntó si no debería utilizar algún cosmético a modo de escudo, pero decidió que no. No quería hacer nada por impresionarle. ¿Qué importancia tenía no presentar el aspecto como el de las deslumbrantes y sofisticadas compañeras de cama de él?

No tenía la menor importancia.

Izzy volvió al salón, pero Andrea no estaba allí. Lo que sí había era un carrito con comida al lado de la mesa del comedor. Paseó la mirada por todos y cada uno de los rincones. Sí, estaba sola. Se acercó al carrito, levantó una de las tapaderas abombadas y vio que la comida de aspecto delicioso no había sido tocada. Andrea no había comido.

No vio ninguna nota. Miró su móvil, pero Andrea tampoco le había dejado ningún mensaje. Si tanto le importaban las apariencias, ¿por qué la había dejado sola en la suite?

Izzy agachó la cabeza para oler la comida y, deleitándose en su aroma, cerró los ojos. También había una botella de champán en una cubeta con hielo, postres en otra de las bandejas, fruta y quesos variados en otra. También había hojaldres salados variados, pastel de cangrejo, ostras, marisco, arroz de jazmín con cilantro y lima… todo un festín.

De repente, sintió un hambre de muerte. Pero miró su móvil, preguntándose si no debería llamar a Andrea; por fin, decidió no hacerlo. No quería empezar a comportarse como una esposa celosa.

¿Qué le importaba a ella dónde estaba Andrea?

Jess, su compañera de piso, sí le había enviado un mensaje; había visto en Twitter que Andrea y ella se habían casado y estaba sorprendida. Era sorprendente la rapidez con que viajaban las noticias.

Izzy respondió al mensaje de Jess; sobre todo, para decirle que no se preocupara por el alquiler, que Andrea había prometido encargarse de ello. Mientras tecleaba en el móvil, se dio cuenta de hasta qué punto había relegado poder en él. Andrea iba a pagar sus cuentas, iba a solucionar todos sus asuntos como si ella no tuviera arte ni parte en ellos.

Dejó el móvil y suspiró. No le quedaba más remedio que tragar si quería recuperar la casa de sus abuelos, era la única manera de cumplir con los términos del testamento de su padre. Las mensualidades que Andrea se había ofrecido a pasarle la ayudarían, al igual que una cantidad de dinero que, según el testamento, se le adelantaría al casarse antes de hacerse con toda la herencia.

Ya había hablado con los actuales propietarios de la casa y estos habían accedido a retrasar la puesta en venta de la propiedad hasta diciembre. Había tenido que hacerles una oferta que no habían podido rechazar con el fin de posponer la venta de la casa. Pero no le importaba lo que le costara.

Comprar la casa de sus abuelos era, para ella, una forma de recompensarlos por los errores del pasado, un modo de honrar la memoria de su hermano y de su madre, era recuperar lo que no debería haberse perdido nunca.

Andrea estaba en su despacho, en el primer piso del hotel, solucionando un par de asuntos de los que el gerente le había informado y que requerían su atención personal.

Sabía que podía haberlo dejado hasta el día siguiente, pero había sentido la necesidad de despejarse la cabeza. El comportamiento de Izzy en el ascensor le había hecho darse cuenta de la pasión latente entre ambos. Se calentaba tanto como un quinceañero cuando estaba con ella. Izzy le excitaba como ninguna otra mujer.

La deseaba tanto que apenas podía pensar en otra cosa. Anhelaba introducirse en el húmedo calor de su cuerpo. Estaba deseando oírla gritar su nombre. No podía aguantar las ganas de llegar al clímax con ella.

Llevaba años reprimiendo ese deseo.

Por supuesto, no perseguía un final feliz. E Izzy, desde luego, no era la mujer adecuada para proporcionárselo. La opinión negativa de ella respecto al matrimonio era su propia salvación, su vía de escape; así, pasados seis meses, podría desaparecer sin sentir ninguna culpabilidad. Un apaño satisfactorio que a ambos les permitiría conseguir lo que querían.

Lo que sí se estaba cuestionando ahora era lo del matrimonio solo de nombre. ¿Por qué no podían entregarse a la pasión, al deseo que sentían el uno por el otro? Estaba claro que se atraían mutuamente. En el ascensor, Izzy le había demostrado que no era más inmune a él que él a ella.

No obstante, estaba dispuesto a tomarse su tiempo. Quería que fuera ella quien le buscara, no al contrario; y a juzgar por el incidente en el ascensor, creía que Izzy estaba a punto de capitular. Solo se estaba resistiendo porque él la había rechazado siete años atrás. Y estaba convencido de que Izzy había coqueteado con él solo con el fin de crearle problemas con su padre. Sin embargo, había resistido aquella tentación. Durante años, había disimulado lo mucho que ella le atraía. Al encontrarse en las fiestas, él se había cubierto con una capa de cinismo para ocultar su deseo por ella; mientras que, en el fondo, la pasión le había hecho hervir la sangre.

Ahora era distinto. Izzy ya no era una adolescente rebelde con intenciones de crear problemas, era una mujer adulta y apasionada que le deseaba.

Andrea apagó el ordenador y sonrió. Sí, solo era cuestión de tiempo, Izzy acabaría siendo suya.

Izzy había comido tanto que no le había quedado más remedio que acostarse, pero se negó a hacerlo en la cama de Andrea, habría sido como si se hubiera puesto a esperarle para que le hiciera el amor. Ella no…

Sí, sí lo había pensado. Era lo único en lo que pensaba. Sentía desazón en el cuerpo, se encontraba inquieta, desasosegada... Lo del ascensor había aumentado su apetito por él. Quería sentir los brazos de Andrea, le quería dentro de su cuerpo, sus bocas unidas.

Tenía fama de acostarse con todo el mundo, pero apenas se había acostado con un puñado de hombres y ninguno de ellos la había satisfecho. Nunca se había sentido cómoda con ese grado de intimidad y, para acostarse con alguien, había tenido que emborracharse primero. Ninguno de sus amantes se había preocupado por su bienestar ni preferencias, todos habían ido a lo suyo. Por eso, había fingido pasarlo bien y no arriesgarse a que la llamaran frígida.

Con Andrea era diferente, con Andrea la frigidez desaparecía. Con solo ponerle una rodilla en la entrepierna había conseguido desarmarla, que se deshiciera y se rompiera en mil pedazos. ¿Qué pasaría si le hacía el amor en toda regla?

Izzy se acurrucó en un sofá del cuarto de estar y se tapó con una de las mantas de cachemira. Tenía que dejar de pensar en Andrea haciéndole el amor. Tenía que dejar de imaginarse esas manos, esos labios y esa lengua en su cuerpo.

Encendió el televisor para ver uno de sus programas preferidos, pero no logró despertar su interés. Cerró los ojos, prometiéndose a sí misma estar alerta para cuando Andrea volviera...

Andrea entró en la suite y encontró a Izzy profundamente dormida en uno de los sofás. Llevaba uno de los albornoces del hotel, pero se le había abierto, dejando al descubierto sus largas y delgadas piernas. Tenía los pies descalzos y las uñas pintadas de azul eléctrico. Llevaba el cabello recogido en una cola de caballo, pero unos mechones sueltos le caían sobre el rostro. Sin maquillaje, su piel mostraba la misma perfección que los pétalos de una rosa de color crema, las cejas y las pestañas, muy oscuras, la hacían parecer una Bella Durmiente.

Izzy siempre le había parecido hermosa, pero ahora, sin adornos, sin maquillaje y despeinada, le recordó a los ángeles renacentistas. Serena e intocable.

Se acercó al sofá, pero ella no se movió. Con cuidado, le cubrió las piernas con la manta; después, le retiró los mechones sueltos del rostro. Olía a los aceites esenciales que él había elegido para dar un olor específico a su cadena hotelera.

Izzy emitió un suave murmullo y hundió la cabeza en el cojín en el que la tenía apoyada.

A Andrea le desilusionó que no se hubiera despertado. Había anticipado y deseado otro altercado con ella. Disfrutaba cuando Izzy le lanzaba miradas asesinas e insultos como dardos. Le gustaba enfadarla y verla sonrojar de ira. Izzy le detestaba, pero también le deseaba, y eso a él le excitaba.

Al apartarse unos pasos del sofá, de repente, Izzy se incorporó bruscamente y, achicando los ojos, se los clavó.

–¿Qué haces?

–Nada. Solo te he tapado las piernas con la manta.

Izzy se levantó y se ató con fuerza el cinturón del albornoz.

–¿Has cenado? –Izzy miró el carrito con la comida y enrojeció–. Yo… tenía tanta hambre que… Puede que necesites pedir más comida.

Andrea sacó la botella de champán de la cubeta.

–¿Te apetece una copa?

–Puede que te parezca extraño, pero no veo motivos para celebrar nada –declaró ella con sequedad.

Andrea descorchó la botella y sirvió dos copas.

–Opino lo contrario. Tienes motivos para celebrar que ya eres una joven muy rica –Andrea le tendió una copa de champán–. Una joven casada muy rica.

Ella lanzó chispas por los ojos, pero aceptó la copa. Y, durante unos instantes, Andrea temió que fuera a tirársela encima. Sin embargo, Izzy chocó su copa con la de él.

–Eso será si llegamos a los seis meses juntos –Izzy frunció el ceño–. ¿Cómo puedo estar segura de que no vas a abandonarme antes de que se cumplan los seis meses? Como tú mismo me has dicho, soy yo quien más tiene que perder.

Andrea le acarició la mejilla con la yema de un dedo.

–No te queda más remedio que fiarte de mí, *cara*.

La expresión de Izzy se endureció, le apartó la mano de un manotazo y estuvo a punto de derramar el champán de su copa.

–Deja de tocarme. No puedo pensar cuando me tocas. Y, si no recuerdo mal, te he dicho que no me llames eso. Es completamente innecesario y me molesta.

–Lo que te molesta es lo mucho que te gusta que te llame *cara* –replicó él–. Te gusta mucho lo que te hago, pero el orgullo te impide admitirlo.

Izzy dejó su copa encima de una mesa de centro.

–Me voy a la cama –le lanzó otra mirada asesina–. Y no, no te estoy invitando a que te acuestes conmigo.

Andrea también dejó su copa, salvó la distancia que les separaba y le agarró las manos, deteniéndola.

–No voy a aprovecharme de ti, Isabella. Solo haremos el amor cuando tú quieras. Te doy mi palabra.

Izzy no intentó zafarse de él y su expresión se suavizó ligeramente.

–Sigo sin comprender por qué estás haciendo esto… No sé por qué has querido casarte conmigo. No tiene sentido.

Andrea le acarició las manos con los pulgares mientras la miraba fijamente a los ojos.

–¿Te acuerdas que te dije que me convenía estar casado en estos momentos? Llevo un tiempo tratando de adquirir un hotel, un hotel en particular. El propietario actual tiene una hijastra, una adolescente, que se ha encaprichado conmigo y me está poniendo en una situación difícil. He pensado que casarme eliminará ese problema y no encontraré obstáculos para comprar el hotel. Un matrimonio temporal es la solución perfecta para los dos.

La expresión de Izzy fue la misma que la de alguien que había comido algo y le había sentado mal.

–Es una pena que no te sacaras una esposa de debajo de la manga cuando me insinué a ti hace siete años.

–Por aquel entonces, sabía perfectamente qué era lo que te traías entre manos –Andrea continuó acariciándole las manos–. No podía tener relaciones contigo. No solo por la amistad con tu padre, sino también porque eras demasiado joven y demasiado cabezota para tener relaciones propias de los adultos.

Izzy se mordió el labio inferior y bajó los ojos.

–Mi padre me hacía sentir... estúpida e inútil –declaró ella con amargura.

Andrea frunció el ceño. ¿Estaba Izzy hablando del hombre que él había conocido y admirado por su astucia para los negocios y por su trabajo en organizaciones dedicadas a obras benéficas?

–¿Tu padre?

Izzy apartó las manos de las de él, en sus ojos se veía un brillo con la misma amargura que había detectado en sus palabras.

–No quiero hablar de ello. Y menos, contigo.

–¿Por qué menos conmigo?

–Porque no me creerías, por eso.

Andrea era consciente de que algunos rasgos de la personalidad de Benedict Byrne eran menos honorables que otros; ese era el motivo por el que, en los dos últimos años, se había distanciado de Benedict. Sabía que a él le había resultado difícil ser el padre de una hija que le daba problemas. Pero ahora se dio cuenta de que solo había oído la versión de Benedict. Jamás había preguntado a Izzy qué motivos tenía para tener una relación tan complicada con su padre.

–Me gustaría que me lo contaras, Isabella –dijo él–. Es importante para mí saber por qué crees que tu padre no te valoraba.

Ella le miró con expresión recelosa y precavida.

–Importante para ti, ¿por qué? ¿Para que luego me digas que soy una niñata mimada y egoísta que no sabe reconocer todo lo que su padre hizo por ella?

No, gracias. Prefiero contárselo a una pared. Estoy segura de que un muro de ladrillos me prestaría más atención que tú.

Andrea se dio cuenta de que a Izzy le iba a llevar tiempo fiarse de él. Su relación siempre había sido combativa, eso no iba a cambiar de un día para otro. Pero le preocupaba que quizá hubiera juzgado a Izzy con demasiada ligereza, basándose exclusivamente en lo que Benedict le había contado, sin conocer el punto de vista de ella. Había estado tan decidido a evitar a Izzy, a no encontrarse a solas con ella, que se había dejado llevar y había dado por buena la versión de Benedict respecto al comportamiento de su hija.

–Siento mucho que pienses que no voy a hacerte caso en lo que a algo tan importante se refiere –declaró Andrea–. Tu padre no era perfecto. Yo mismo tuve que pararle los pies en más de una ocasión para no verme arrollado por su entusiasmo respecto a un proyecto u otro. Siempre me ha dado un poco de pena por lo que debió de sufrir con lo de tu hermano y tu madre. Por supuesto, es posible que eso haya influenciado mi opinión sobre él.

Izzy lanzó un suspiro y su expresión perdió algo del recelo que había mostrado antes.

–Se comportaba como si fuera el mejor padre del mundo en presencia de los demás; pero, cuando estábamos solos, me humillaba. Me insultaba y no paraba de decirme que yo no era ni sería jamás tan inteligente como mi hermano, Hamish; o que estaba demasiado gorda, o demasiado delgada, o que no tenía la suficiente confianza en mí misma… la lista es interminable. Hiciera lo que hiciese, no lograba complacerle nunca. Nunca.

Andrea sabía que Benedict Byrne, en ocasiones, había resultado ser un hombre difícil. Trató de recordar los momentos en los que había visto juntos a padre e hija. De lo único que se acordaba era de Izzy portándose mal, mostrándose grosera y beligerante, desafiando e ignorando los deseos de su padre. Benedict siempre le había parecido muy paciente con ella, mucho más paciente de lo que muchos padres hubieran sido. Él, por su parte, había visto a Izzy como la desagradecida y mimada quinceañera que no comprendía los esfuerzos que su padre hacía por ella.

Pero… ¿y si se había equivocado? ¿Y si había querido ver así a Izzy? ¿Y si Benedict le había manipulado para que opinara eso de Izzy?

¿Y si el hombre al que había admirado y al que debía tanto no hubiera sido el Benedict Byrne, trabajador y decente, que había parecido ser?

Andrea conocía a hombres camaleón. Su padrastro, sin ir más lejos, había dado la impresión, en público, de ser un hombre encantador; pero, en privado, había sido un tirano.

–Isabella… –Andrea no sabía cómo disculparse cuando ya era tan tarde para ello–. Estás diciendo cosas de tu padre de las que no sabía…

–Por eso seguirás creyendo lo que mi padre quería que creyeras en vez de aceptar lo que yo pueda contarte –le interrumpió ella.

–No. Quiero oír tu versión de los hechos. Quiero saber por qué te resultaba tan difícil querer a tu padre.

Unas lágrimas, que no llegó a derramar, intensificaron el brillo de los ojos de ella. Fue entonces cuando Andrea se dio cuenta de que jamás la había visto llorar.

–Él no me quería, así que... ¿por qué iba a quererle yo? –dijo ella en un tono desafiante que no lograba disimular una profunda tristeza.

Andrea le secó las lágrimas con el pulgar.

–Pero tú sí le querías, ¿verdad?

La vio parpadear y tragar saliva. El semblante de Izzy se endureció, como si se arrepintiera de haber perdido el control sobre sí misma.

–Tú conocías a Benedict Byrne como hombre de negocios de éxito, también era tu amigo y tu mentor. Era también un filántropo, generoso con su dinero. Pero no le conocías como padre.

–Tienes razón –respondió Andrea–. Y no todos los padres tratan por igual a sus hijos. Sé que la muerte de Hamish le afectó muchísimo, aunque eso le pasaría a cualquier padre.

–Sí, mi padre quería mucho a mi hermano –confirmó ella–. El problema fue que a mí no me quería. Yo solo era una chica, sin la inteligencia y la capacidad de Hamish. En opinión de mi padre, yo era un fracaso total. Un terrible fracaso.

Andrea, con ternura, le puso las manos en los hombros.

–¿Eso te dijo?

Izzy apretó los labios, como si se debatiera entre seguir hablando o no. Entonces, dejó escapar el aire que había estado conteniendo.

–Sí, muchas veces, pero no sin asegurarse antes

de que nadie pudiera oírle. La única forma de vengarme de él era poniéndole en ridículo delante de la gente. Sé que fue una estupidez. Y también contraproducente, porque le dio la oportunidad de fingir paciencia y de ser muy sufrido de cara a la galería.

Andrea sintió desazón y vergüenza. Se había dejado engañar por Benedict.

–¿Qué pasaba cuando estabais solos?

–Era demasiado listo como para gritarme, sabía que los empleados de la casa podían oírle. En voz muy baja y con ojos de loco, solía decirme lo que pensaba de mí –una sombra de dolor cruzó el rostro de ella–. Llegó a decirme que ojalá hubiera muerto yo en vez de Hamish.

–¿Fue… fue alguna vez violento contigo?

–Solo una vez –respondió ella con amargura–. Fue cuando tenía catorce años, al poco de morir mi madre de cáncer… me dio una bofetada. Lo que pasó es que le dije, más o menos, lo que él me había dicho a mí. Le dije que ojalá hubiera muerto él en vez de mi madre. No volvió a pegarme nunca más, pero siempre sentí la amenaza de que podía volver a hacerlo.

Andrea se avergonzó de no haberse dado cuenta de lo que ocurría en el seno de la familia Byrne. Había conocido a Benedict en Italia veinte años atrás, poco después del fallecimiento de Hamish a causa de un cáncer de huesos. Cuando Benedict le encontró mendigando comida en la calle, él tenía la misma edad que su hijo fallecido, catorce años. Con frecuencia se había preguntado si Benedict le habría ayudado igualmente de no haber perdido a su hijo.

Sin embargo, le había estado tan agradecido que nunca había cuestionado lo que había llevado a Benedict a ayudarle.

–Siento mucho que te tratara así la persona que, supuestamente, debería haberte querido y protegido –dijo Andrea–. Yo a tu padre solo le conocía como un hombre generoso que intentaba ayudar a la gente. Sin embargo, soy perfectamente consciente de que todo el mundo tiene su lado oscuro. Desde luego, tu padre lo disimulaba mejor que la mayoría.

–Así que… ¿me crees? –preguntó ella con una inseguridad que le hizo darse cuenta de que Izzy no había esperado que la creyera.

¿Había hablado con otra gente de los problemas con su padre y no la habían creído? ¿O, por el contrario, ni siquiera lo había intentado, consciente de lo difícil que sería que la gente la creyera?

Andrea le soltó los hombros para volver a tomarle las manos.

–Yo sí te creo. Aunque reconozco que pensaba, equivocadamente, que conocía bien a tu padre. Sin embargo, yo también conviví con un hombre como tu padre, un hombre que parecía una cosa en público y era muy distinto en la intimidad. Nadie le habría creído capaz de lo que hacía en su casa. Siento mucho no haberme dado cuenta de cómo era tu padre. De haber sido así, habría hablado con él, le habría llamado la atención.

Izzy miró sus manos unidas y lanzó un suspiro. Después, volvió a mirarle a los ojos.

–También trataba muy mal a mi madre. Mi madre no se atrevía a plantarle cara, la había sometido hasta convencerla de que las esposas siempre deben obedecer a sus maridos. No rechistaba cuando él la insultaba y la humillaba. Y eso yo no lo soportaba y tomé la decisión de rebelarme contra él y demostrarle que a mí no me podía manipular. Sin embargo, no estoy segura de que diera el resultado que yo esperaba. Acabé destruyendo mi propia vida y…

Andrea vio por qué Izzy había presentado tanta resistencia a casarse con él. Y él, por su parte, no le había dado alternativa. Se había comportado como un sargento, dando órdenes a diestro y siniestro. No le extrañaba que Izzy hubiera aprovechado todas las oportunidades que se le habían presentado para atacarle.

–Isabella… No sé qué decir. Lo único que se me ocurre es decir que lo siento mucho. Tu padre no tenía derecho a trataros así a tu madre y a ti. Estoy perplejo y muy avergonzado de no haberme dado cuenta de lo que pasaba. Supongo que el único consuelo es la herencia que te ha dejado, a pesar de las condiciones que te ha impuesto.

La expresión de ella mostró resentimiento.

–Esa es la cuestión, mi padre esperaba que no pudiera cumplir las condiciones impuestas por él en el testamento. Sabía perfectamente que yo estaba completamente en contra del matrimonio, de perder mi libertad. Dejó muy claro lo poco que me quería. Prefería que la mayor parte de sus posesiones fueran a parar a un pariente lejano de mi madre, ludópata y con muchas deudas de juego, antes que a mí, su única hija.

A Andrea le causó náuseas no haber descubierto

antes la verdad. Una profunda vergüenza le embargó. Se había casado con Izzy con la intención de domarla, ahora veía lo equivocado que había estado.

Sin embargo, una cosa le había quedado muy clara. No podía consumar el matrimonio ahora que sabía el trasfondo de la relación entre Izzy y su padre. ¿Cómo podía acostarse con ella sabiendo lo que sabía? Sin embargo, no era el aspecto físico de su relación con ella lo que más le preocupaba. Sentirse unido a ella sería traspasar una barrera emocional que jamás había cruzado en su vida. Aunque iba a serle muy difícil no tener relaciones sexuales con Izzy, debía ayudarla al máximo. Se aseguraría de que ella cobrara su herencia pasados los seis meses, pero no consumarían el matrimonio.

Andrea lanzó un suspiro.

–No me gustaron los términos del testamento de tu padre, pero me pareció que no era asunto mío interferir.

Izzy frunció el ceño.

–¿Por qué no te pareció bien?

–Me preocupaba que acabaras casándote con un hombre que fuera a aprovecharse de ti.

–¿Por eso… te ofreciste voluntario?

Andrea le soltó las manos y se separó de ella. Debía intentar no tocarla.

De ser completamente sincero consigo mismo, debía reconocer que no sabía exactamente por qué había propuesto el matrimonio a Izzy. Se avergonzó de haberla forzado hasta el punto de que a ella le hubiera resultado imposible rechazarle. Pero, en realidad, tampoco le había hecho gracia la idea de que

Izzy se hubiera casado con un desaprensivo que acabara arrebatándole la herencia. No había querido que Izzy se casara con nadie que no fuera él.

–Verás, he estado pensando en eso que te dije de tener una aventura amorosa durante seis meses. Pero ahora, después de lo que me has contado, he decidido que eso no va a ocurrir.

Izzy pareció asustada.

–¿Significa eso que vas a dejarme, que vas a anular el matrimonio?

–No, claro que no –Andrea le dedicó una sonrisa–. Permaneceremos casados durante seis meses para cumplir con las condiciones del testamento; pero, como dijimos al principio, será un matrimonio solo de nombre.

Capítulo 6

SOLO DE nombre», repitió Izzy mentalmente, desilusionada. Debería haber sentido un gran alivio; pero, después de lo del ascensor, quería hacer el amor con Andrea.

Quería hacer el amor de verdad. Desnudos. Piel contra piel.

No obstante, al margen de esa desilusión, le alegraba que Andrea la hubiera escuchado y hubiera creído su versión sobre el comportamiento de su padre. Se había imaginado que él la haría callar y que se habría negado a oír una sola palabra en contra de Benedict.

Pero no había sido así.

Andrea la había escuchado, la había calmado y la había reconfortado al verla sobrecogida por el dolor de los recuerdos. Eso aminoraba el antagonismo que sentía hacia él, aunque no lo eliminaba. Andrea seguía siendo el enemigo, hacía demasiado tiempo que lo era como para cambiar de un momento a otro. Pero eso no significaba que no pudieran aprovechar el tiempo que iban a estar juntos, ¿no?

Sin embargo, ahora resultaba que Andrea había decidido no consumar su matrimonio. ¿Qué podía hacer? ¿Por qué no se alegraba de ello? Debería estar contenta. Debería estar feliz. Iba a heredar y, después de seis meses, sería completamente libre.

Pero sin Andrea.

No iba a gozar haciendo el amor con él, Andrea no iba a poseerla. Jamás sabría lo que sería pasar una noche en los brazos de él. Nunca le sentiría dentro de su cuerpo. No conocería los placeres que él podía proporcionarle.

Izzy quería acercarse a él, decirle que no fuera tonto, que no hacía falta hacer gala de tanto honor. Quería rogarle que le hiciera el amor. Pero ya había mostrado demasiada vulnerabilidad por una noche.

–Me da la impresión de que lo has pensado mucho…

–Lo he hecho y creo que es lo mejor. Lo único que podemos hacer –declaró él con decisión, como dando por zanjado el asunto.

Izzy agarró la copa de champán que había dejado de lado y bebió un sorbo.

–Si te hubiera contado lo de mi padre antes de casarnos, ¿te habrías casado conmigo?

Andrea agarró su copa también.

–Hace tres meses pensé en proponértelo, pero decidí que sería mejor esperar.

–Hasta que yo estuviera desesperada, ¿eh? –dijo Izzy.

Andrea esbozó una débil sonrisa.

–No comprendo qué les pasa a los jóvenes londinenses. Hace años que alguien debería haberte conquistado.

Izzy hizo una mueca.

–¿Es que no lees las revistas del corazón? No soy la mujer ideal para casarse. Soy la típica chica con la que los hombres tienen alguna aventurilla antes de casarse con una mujer que les merezca.

–Las mujeres tienen tanto derecho como los hombres a acostarse con quien les apetezca.

Izzy frunció el ceño.

–¿Significa eso que no censuras mi pasado? ¿Es eso lo que has querido decir?

Andrea la miró fijamente a los ojos, como si quisiera leerle el pensamiento.

–Ese pasado al que te refieres… ¿hasta qué punto es verdad y hasta qué punto es ficción?

Izzy se encogió de hombros para disimular, para no delatarse. ¿Por qué habían acabado hablando de eso? Le daba igual lo que Andrea pensara de ella… aunque, quizá, no fuera del todo verdad. En cierto modo, buscaba la aprobación de él, mucho más de lo que debería.

–Adivínalo.

–A juzgar por lo que se dice de mí, yo diría que la mayor parte es mentira –Andrea clavó los ojos en los suyos–. ¿Me equivoco?

Izzy jugueteó con su copa de champán.

–Hace años, provocaba la mala prensa contra mí intencionadamente. Quería dejar en vergüenza a mi padre y no me importaba cómo. En las revistas, aparecían fotos de mí dando tumbos a la salida de los clubs a horas intempestivas. Y eso era lo que quería, resultaba muy fácil conseguirlo. No tardé nada en lograr fama de vividora y perdida, pero la verdad es mucho más aburrida.

La expresión de Andrea mostró confusión y preocupación.

–A los dieciocho, en la fiesta de tu cumpleaños, ¿estabas borracha o solo fingías estarlo?

Izzy lanzó un suspiro de pesar.

–No estaba borracha, solo un poco alegre, igual que todos los años. Era la única forma de poder aguantar a mi padre representando el papel de padre devoto y completamente dedicado a su hija. Pensándolo bien, una estupidez. A la única persona a la que perjudiqué fue a mí misma.

Andrea le tocó el brazo.

–La gente cambia de opinión. Lo importante es que estés contenta contigo misma. Lo que piensen los demás no es asunto tuyo, no puedes hacer nada al respecto.

¿Se sentía contenta consigo misma? Izzy no estaba segura. Que durante su infancia le hubieran dicho que no valía lo suficiente era algo que seguía afectándole.

–Creo que tendré que trabajármelo.

Andrea le alzó la barbilla con un dedo y la miró con intensidad. Después, clavó los ojos en su boca y le vio tragar. Por fin, apartó las manos de ella y retrocedió.

–Puedes quedarte con la cama. Yo dormiré en el sofá.

Volvió a embargarla una profunda desilusión. Andrea no la había besado, a pesar de que el ambiente estaba cargado de tensión sexual.

–Andrea... –dijo ella con voz ronca y suave.

Le vio apretar la mandíbula, tensar los músculos del rostro.

–Tenemos que actuar con sentido común, Isabella –declaró él con decisión.

–¿Te parece de sentido común que un hombre de uno noventa duerma en un sofá? –dijo ella–. ¿No crees que los dos podemos dormir en la cama sin tocarnos? Esa cama es enorme.

–Créeme, no es lo suficientemente grande –comentó él en tono burlón.

Izzy frunció el ceño.

–¿Y los empleados? ¿No habías dicho que no querías levantar las sospechas de tus empleados?

Andrea lanzó un suspiro.

–Mañana nos vamos a Positano. Allí estaremos prácticamente solos, dispongo de un mínimo de empleados. Y la mujer que se encarga de la casa es la discreción personificada. Tendrás habitación propia y ella no abrirá la boca.

–¿Y mi trabajo? ¿Y mis estudios? Tengo que llamar a mi jefe y...

–Ya me he encargado de eso –la interrumpió Andrea–. Por cierto, me ha dicho que te diga que buena suerte. Respecto a los estudios, lo único que te hace falta es un wifi y en la casa lo hay.

–Has pensado en todo, ¿verdad? –no había sido su intención hacer gala de cinismo, pero la situación la sobrecogía.

Andrea se dio media vuelta y volvió a servirse champán. Ella sospechaba que era más por hacer algo que porque le apeteciera beber alcohol. Nunca le había visto beber en exceso, otra de las cosas que admiraba de él.

–Vete a la cama, Isabella.

–¿Por qué me llamas siempre Isabella en vez de Izzy?

Andrea bebió un sorbo de champán antes de mirarla mientras acariciaba el borde de la copa.

–Es un nombre muy bonito, elegante, sofisticado…

Izzy lanzó un bufido.

–No creo que se pueda decir de mí que soy sofisticada.

–Eres demasiado dura contigo misma –comentó él con una voz tan suave como una caricia.

Izzy forzó una sonrisa.

–Bueno, te dejo entonces. La verdad es que estoy bastante cansada. Ha sido un día…

Casi había llegado a la puerta cuando la voz de él la hizo detenerse.

–¿Te ha desilusionado no haber tenido una boda más formal, y en la iglesia?

Izzy se volvió, pero no vio nada en la expresión de Andrea que le indicara lo que estaba pensando.

–Nunca he querido casarme, ni por lo civil ni por la iglesia, así que ¿por qué iba a estar desilusionada?

Andrea asintió, como si la respuesta de ella tuviera todo el sentido del mundo, pero Izzy no pudo evitar preguntarse si Andrea había llegado a creerla del todo.

Le molestaba haberle contado tanto sobre sí misma y en tan poco tiempo. Su boda, impersonal o no, había cambiado su relación. Ya no era como antes. Empezaba a resultarle muy difícil considerar a Andrea un enemigo; sobre todo, después de que sus caricias la hubieran hecho sentirse tan viva. Tenía que mantener las distancias con él, emocionalmente, si quería sobrevivir esos seis meses y no acabar destrozada.

Izzy consiguió dormir aquella noche, a pesar de la preocupación que le producía el cambio en la relación con Andrea.

Al parecer, a él no le había ocurrido lo mismo, a juzgar por el estado en el que le encontró a la mañana siguiente. Andrea parecía haber pasado la noche en vela. Una barba incipiente ensombrecía su semblante, tenía los ojos cansados y el pelo revuelto cuando se incorporó en el sofá y se frotó la nuca.

–¿Qué tal has dormido? –le preguntó él. Y parpadeó cuando ella descorrió las cortinas.

–Creo que mucho mejor que tú –respondió Izzy al tiempo que se agachaba para recoger del suelo la manta que dobló en un cuadrado perfecto. Entonces, se pegó la manta al cuerpo–. ¿Quieres que te prepare un café?

–No es necesario que hagas nada por mí, Isabella –contestó Andrea en tono hosco.

Ella dejó la manta en un extremo del sofá y se enderezó.

–¿Siempre estás así de enfurruñado por las mañanas?

–Más.

Izzy arqueó las cejas.

–¿Incluso después de una noche de sexo y pasión?

«No debería haber hecho esa pregunta».

–Por lo general, nadie me ve por las mañanas.

–¿Quieres decir que las mujeres con las que te acuestas no se quedan a dormir contigo? –Izzy frunció el ceño.

–Exacto –declaró él enfáticamente.

–¿Es esa la regla de oro de los playboys? ¿No implicarse emocionalmente?

Andrea esbozó una burlona sonrisa.

–Me gusta dejar las cosas claras. El sexo es el sexo. Yo no hago promesas de futuro.

–Pero… ¿y cuando sales con una mujer durante semanas o incluso meses? No es posible que no hayas tenido ese tipo de relaciones, ¿no?

–Alguna vez.

–¿Y?

–No me gustan las escenas, y menos por las mañanas –replicó él–. Por eso me aseguro de no dar pie a ello. Quien evita la ocasión evita el peligro. Así nadie sufre.

–Me pregunto con qué clase de mujeres sueles salir. A mí no me gustaría acostarme con un hombre que no quisiera verme por la mañana. Si nada más hacer el amor un hombre me dijera que me fuese, me resultaría insultante.

–Yo me aseguro de que sean generosamente recompensadas.

–¿Con qué, con flores, con bombones o con joyas?

–Nada de joyas.

–¿Por qué?

–Demasiado… personal.

Izzy se dirigió a la zona de cocina de la suite para prepararse un té. No quería pensar en las mujeres con las que Andrea había salido, como tampoco en el hecho de que él le hubiera regalado un anillo de brillantes y zafiros. ¿Qué significaba eso? La razón le advirtió de que no se hiciera ilusiones. Lo único que significaba era que Andrea quería que todo el mundo pensara que su matrimonio era real y no una farsa de seis meses.

–¿Seguro que no quieres un café? –preguntó ella volviendo la cabeza.

–Sí, seguro.

Izzy metió una bolsita de té en una taza.

–Supongo que debería sentirme halagada por ser la única mujer a la que le has comprado una joya –Izzy se volvió de nuevo para mirarle–. ¿O quieres que te devuelva el anillo cuando se disuelva nuestro matrimonio?

Andrea clavó los ojos en su boca y ella se preguntó si nunca consumarían su matrimonio.

–Puedes quedarte con el anillo y con los demás regalos que recibas. Todo tuyo. A mí me da igual lo que hagas con ellos.

Tras esas palabras, Andrea se dirigió al dormitorio.

Después de unos minutos, Izzy oyó el ruido de la ducha y se sentó a beberse el té mientras hacía un enorme esfuerzo por no imaginársele desnudo bajo la lluvia de agua que ella misma había disfrutado hacía menos de media hora.

Cuando Andrea salió del cuarto de baño con una toalla atada a la cintura, encontró a Izzy sentada a los pies de la cama viendo sus mensajes en el móvil. Ella alzó el rostro, clavó la mirada en la toalla y después le miró a los ojos. Con las mejillas enrojecidas de repente, se puso en pie a toda velocidad.

–Me marcho, para que te vistas.

Andrea no debería haberla agarrado, pero… Le asaltaron ideas de lo prohibido mientras le acariciaba una delicada muñeca.

–No huyas –dijo él con voz ronca y espesa.

Izzy agrandó los ojos y tragó saliva.

–¿No habías dicho que nada de... esto?

Andrea levantó la mano de ella hasta la altura de su rostro y se la besó.

–Dije que nada de acostarnos juntos, pero no he dicho que no pudiéramos tocarnos. Además, se supone que debemos hacerlo cuando estemos rodeados de gente. Resultaría raro que no lo hiciéramos.

Ella pareció dudar.

–¿De qué tipo de toqueteo estamos hablando?

Andrea le acarició el cabello.

–De este –respondió al tiempo que acercaba la boca a la de ella. No la penetró con la lengua, pero le acarició los labios con los suyos; no una vez ni dos, sino tres.

A Izzy le temblaban los labios, parecía estar librando una batalla consigo misma, tratando de resistir la tentación. Sus alientos se mezclaron, el de ella era dulce y fresco, y evocaba el olor de la vainilla. Izzy se humedeció los labios con la lengua. Él se acercó un poco más a ella y, cuando sus muslos se rozaron, la sintió estremecerse. Los senos de ella se chocaron contra su pecho. Él le puso una mano en la espalda, tiró de ella hacia sí y su cuerpo ardió. Estaba embriagado.

Andrea la besó entonces y se tragó el suspiro de placer de Izzy. Ella le rodeó el cuello con los brazos y se apretó contra él, con fuerza, haciéndole consciente de los contornos de su cuerpo. Izzy abrió la boca para permitirle la entrada y sus lenguas entablaron un sensual duelo que le hizo hervir la sangre.

Mientras continuaba besándola, Andrea le puso las manos en el rostro y, con la lengua, imitó los movimientos del acto sexual, lo que más deseaba su cuerpo.

Por fin, Andrea apartó la boca de la de ella y apoyó la frente en la de Izzy mientras se esforzaba por recuperar el control sobre sí mismo.

–Puede que esto no haya sido buena idea.

Izzy comenzó a juguetear con el cabello de él, provocándole un cosquilleo que le llegó a la entrepierna.

–Es solo un beso, ¿no? –dijo Izzy mirándole a los ojos.

Andrea no sabía si tenía la fuerza de voluntad suficiente para limitarse a besarla. ¿Cómo se le había ocurrido semejante cosa? Estaba jugando con fuego. Se estaba torturando a sí mismo, lo que quería era un imposible.

Acarició los labios de Izzy con la yema de un dedo y la vio temblar.

–Tienes una boca preciosa –dijo él sin poder evitar el tono ronco de su voz.

Izzy le clavó los ojos en los labios y volvió a lamerse los suyos.

–La tuya tampoco está nada mal –apartó un brazo

del cuello de él y también le acarició los labios–. Es mucho más suave de lo que parece.

Andrea le agarró la mano y, sosteniéndole la mirada, se la besó.

–En estos momentos, ninguna parte de mi cuerpo está suave.

Izzy se sonrojó.

–Ya lo he notado.

Izzy se frotó contra él y Andrea temió perder el sentido. La sangre le corría por las venas a un ritmo vertiginoso. El instinto animal parecía a punto de apoderarse de él. ¿Había deseado tanto a una mujer como a Izzy? ¿O aquella pasión que ella despertaba en él se debía a que sabía que no debía poseerla?

En cualquier caso, estaba convencido de que no podía permitir que la situación se complicara aún más si cabía. Pero se podía permitir un beso o dos de vez en cuando. ¿Qué problemas podía causar eso?

Agarró a Izzy por las caderas y la estrechó contra sí, ignorando lo mucho que eso le torturaba. La deseaba. La deseaba. La deseaba hasta el punto de olvidarse de todo lo demás.

Andrea volvió a besarla, estrujándole los labios, uniendo la lengua a la de ella mientras le acariciaba los costados. Deslizó una mano por debajo de la camisa de ella para tocarle la piel desnuda, deteniéndose justo debajo de la suave curva de esos senos.

Haciendo gala de una fuerza de voluntad que no creía poseer, Andrea se apartó de ella.

Vio desilusión en los ojos de Izzy antes de ver el endurecimiento de la expresión de ella. Después, Izzy dio unos pasos hacia atrás y se alisó la ropa.

–¿A qué hora sale el vuelo?

Andrea se ajustó la toalla y se acercó al armario.

–A las once. He encargado que recojan tus cosas de tu piso y las lleven directamente. Lo demás que puedas necesitar lo compraremos en Italia.

Andrea cerró la puerta del armario y, al volverse, vio que Izzy se había marchado.

Capítulo 7

UNAS HORAS después, un coche con chófer les dejó en la casa de Andrea ubicada en las laderas de Positano, un pueblo a orillas del mar.

Izzy llevaba años sin visitar la costa de Amalfi, pero seguía siendo un lugar tan mágico y pintoresco como recordaba. El mar era de un azul deslumbrante, el sol brillaba en un cielo completamente despejado y el olor de las flores del precioso jardín de la casa de Andrea la embriagó. Una buganvilla escarlata adornaba una pared de piedra y maceteros con coloridos geranios formaban un festín visual. Delante de la casa había una piscina infinita que se fundía con la vista del mar más abajo.

El conjunto era digno de una postal. Y a Izzy no se le ocurrió un lugar más bonito para esconderse del escrutinio público y de la prensa.

Andrea la condujo a la entrada de la casa; pero antes de que le diera tiempo a abrir, lo hizo una mujer mayor vestida de negro. Su curtido rostro se deshizo en sonrisas y sus ojos negros brillaron. De la boca de la mujer escapó un torrente de palabras en italiano, pero su entusiasmo era patente.

A Izzy, dados los motivos de su matrimonio, tan

efusivo recibimiento se le antojó exagerado, pero la encargada de la casa de Andrea solo sabía lo que él le había contado.

–En inglés, Gianna, por favor –dijo Andrea.

La sonrisa de la mujer se agrandó.

–*Mi dispiace*. Perdón. Estoy encantada de dar la bienvenida a la esposa del señor a Villa Vaccaro. ¿Han tenido buen viaje?

–Sí, estupendo, muchas gracias –dijo Izzy, encantada con la simpatía de aquella mujer.

Gianna agrandó los ojos.

–¿Con una esposa tan bonita quiere que le prepare una de las habitaciones de invitados? ¡Bah! ¿Qué clase de matrimonio es este?

–Un matrimonio de conveniencia, eso es lo que es –contestó Andrea con impaciencia–. Isabella y yo solo vamos a estar casados durante seis meses, el tiempo que ella va a necesitar para cumplir las condiciones impuestas por su padre en el testamento con el fin de heredar. Anoche, cuando te llamé, te lo expliqué todo.

A Gianna no le intimidó la seria expresión del dueño de la casa. Cruzó los brazos y miró a su jefe fijamente.

–Matrimonio de conveniencia o no, debería cruzar el umbral de la puerta con ella en brazos. No hacerlo da mala suerte.

Andrea lanzó un suspiro de exasperación y se volvió a Izzy.

–¿Te molestaría?

–No, en absoluto –respondió Izzy haciendo un esfuerzo para no echarse a reír.

No estaba acostumbrada a ver a Andrea acorralado. Le gustó ver esa parte más débil de su personalidad. Era evidente que le tenía mucho cariño a esa mujer y la respetaba, y estaba dispuesto a darle un capricho aunque eso le incomodara.

Andrea la tomó en sus fuertes brazos y ella le rodeó el cuello. Las manos de él, sujetándola, le quitaron el sentido. A pesar de haber adoptado un gesto serio, notó cómo respondía el cuerpo de él a su proximidad.

Izzy se preguntó cómo se sentiría si fuera la esposa de él de verdad. ¿Por qué no olvidar el acuerdo que habían hecho y entregarse a la pasión que les consumía? Sería maravilloso que Andrea la llevara a la habitación principal y le hiciera el amor.

Andrea la bajó de sus brazos dentro de la casa, pero continuó agarrándole las manos.

–Te ruego disculpes a Gianna –dijo cuando la mujer no podía oírle–. Es una romántica empedernida.

–Me cae muy bien –comentó Izzy–. ¿Hace mucho que trabaja en esta casa?

–Demasiado tiempo. Ya has visto como no hace caso a lo que digo –comentó él con cierta ironía–. Le pediré que te enseñe la casa. Yo tengo que ir a mi despacho a encargarme de unos asuntos.

Entonces, Andrea alzó la voz para que Gianna, que se había adentrado en la casa, pudiera oírle.

–Gianna... Gianna, por favor, acompaña a Isabella a su habitación.

Izzy subió una escalera curva detrás de Gianna mientras se preguntaba si Andrea realmente tenía unos asuntos pendientes o si solo había sido un pretexto con motivo de la reacción de Gianna a su matrimonio.

Gianna la condujo a una preciosa habitación en el primer piso, la casa tenía cuatro, con maravillosas vistas al mar.

–La suite del señor Vaccaro es la de al lado. ¿Lo ve? Se comunica por esa puerta con esta habitación –Gianna señaló la puerta con un brillo travieso en los ojos–. No creo que usted necesite la llave. He visto cómo la mira.

Izzy sintió el rubor de sus mejillas.

–Es solo un matrimonio de conveniencia. Ninguno de los dos queremos estar casados y menos entre nosotros –se apresuró a asegurar Izzy.

¿Acaso no había llegado a oídos de Gianna su mala fama? Le parecía extraño que el ama de llaves de Andrea se alegrara tanto de su matrimonio dado todo lo que se había escrito de ella en la prensa.

–¡Bah! –exclamó Gianna–. Él la conoce desde hace mucho tiempo, ¿verdad?

–Sí, pero no somos lo que se dice buenos amigos.

Gianna enderezó la espalda y se la quedó mirando.

–Su padre fue muy bueno con él. Le ayudó a meterse en el negocio de los hoteles. Él no se olvida de la gente que le ha ayudado.

–¿Usted llegó a conocer a mi padre?

Gianna se volvió hacia un jarrón con flores que había sobre una mesa cerca de la ventana, pero no antes de que Izzy pudiera advertir cómo su gesto se ensombrecía.

–Vino aquí una o dos veces. Le gustaba contarme

todas las obras de beneficencia en las que participaba –Gianna agarró un pétalo de rosa caído y se lo metió en el bolsillo del delantal. Después, se volvió de nuevo hacia ella–. Siento que se haya muerto, aunque solo sea por esas obras de beneficencia. Lo siento. Usted debe de echarle mucho de menos, ¿no?

Izzy se encogió de hombros.

–Sí y no.

–¿No estaban unidos? –preguntó Gianna achicando los ojos.

–No, no mucho.

El ama de llaves movió los labios de un lado a otro como si reflexionara.

–Sí, ya. La verdad es que me extrañó mucho lo que Andrea me contó sobre el testamento de su padre. No es normal que un padre le haga eso a su única hija, ¿no?

–Si hubiera conocido bien a mi padre, no le habría resultado extraño –dijo Izzy con un suspiro–. Nuestra relación era muy complicada.

–Bueno, pero eso ya ha pasado. Ahora que se ha casado con Andrea, está todo arreglado. Él se hará cargo de usted. Se asegurará de que herede. Es un hombre muy bueno, aunque jamás le he visto presumir ni hablar de lo que hace por los demás. Aunque nadie lo sabe, él también apoya muchas obras benéficas. Pero no quiere que nadie se entere. Yo sí lo sé porque limpio el polvo en su despacho y he visto papeles. Usted está un poco enamorada de Andrea, ¿verdad?

Izzy no quería destrozar las ilusiones románticas de aquella mujer, pero no sabía cómo explicar lo que sentía por Andrea; sobre todo, a una persona a la que acababa de conocer.

–Digamos que empiezo a verle con otros ojos.

Gianna sonrió.

–Bueno, la dejaré para que descanse. ¿Quiere que le traiga un té o un café, o un refresco?

–Me encantaría tomar un té, pero puedo bajar a la cocina y preparármelo yo misma. No tiene que molestarse por mí.

–No es ninguna molestia –respondió Gianna–. Al fin y al cabo, es la primera mujer a la que Andrea ha traído aquí. Debe de ser algo especial, ¿no?

«La primera mujer a la que Andrea ha traído aquí»… Era difícil contener la alegría que le producía el hecho de que Andrea nunca hubiera llevado a ninguna de sus amantes a su refugio. ¿Por qué Andrea mantenía tanta distancia con los demás? ¿No era raro que le gustara pasar tanto tiempo solo? No le extrañaba que el ama de llaves se hubiera puesto tan contenta por la llegada de ella. Sin embargo, eso no significaba que Andrea la considerara especial.

En ese caso, ¿por qué se estaba preguntando si su matrimonio no podría llegar a ser un matrimonio auténtico? ¿Se le había contagiado el entusiasmo del ama de llaves?

Miró la puerta que comunicaba con la habitación de Andrea y contuvo un escalofrío. Se acercó a la puerta y tocó la llave de latón de la cerradura. Cerró los dedos sobre ella y la hizo girar; pero en vez de cerrar, descorrió el pestillo.

Izzy contuvo la respiración, se miró la mano mientras agarraba la manija y le pareció como si perteneciera a otra persona. Giró la manija y la puerta se abrió.

La habitación de Andrea era grande con vistas al mar y a las montañas. Percibió un olor varonil en el que destacaban los aromas a cítrico y a cedro característicos de Andrea. Los colores variaban entre el crema y el blanco, con toques negros y dorados.

Izzy clavó los ojos en la cama de matrimonio y la invadieron imágenes de Andrea desnudo tumbado sobre esas blancas sábanas. Se acercó a la cama y acarició una almohada. Ninguna mujer se había acostado allí con él. Ninguna. ¿Qué significaba eso? Que Andrea valoraba su intimidad, que iba allí para alejarse de la vida pública y de la prensa. No significaba que ella fuera una persona especial para él.

La puerta principal de la habitación de Andrea se abrió y él la cerró después de entrar mirándola a ella con intensidad.

–Espero que no se te suban a la cabeza las ilusiones que Gianna se ha hecho.

–Solo estaba comprobando si la llave abría y cerraba bien el cerrojo –Izzy indicó la puerta que comunicaba con su cuarto.

–Le había dicho a Gianna que te diera una habitación más al fondo del pasillo.

–¿Por mí o por ti?

–Por los dos –respondió él. Y se le oscurecieron los ojos.

–Gianna me ha dicho que soy la primera mujer a la que has traído aquí.

Andrea lanzó una ronca carcajada.

–Resultaría extraño que no viniera aquí contigo dado que estamos casados, ¿no te parece?

–Lo que me parece es que Gianna cree que, aunque no lo reconozcamos, estamos enamorados.

–¿Y tú también lo crees? –preguntó él mirándola directamente a los ojos.

Izzy forzó una carcajada, pero no resultó nada convincente.

–No, claro que no.

–Mejor así –comentó Andrea con una tensa sonrisa.

–No te preocupes, no tengo intención de enamorarme de ti.

–Pero me deseas –él le clavó los ojos en los labios y a ella le dio un vuelco el corazón–. ¿Verdad, *cara*?

Izzy tragó saliva, se le aceleró el pulso. El ambiente se cargó de tensión sexual.

–Hemos acordado no hacer el amor –¿por qué le había salido la voz tan ronca?

Andrea se le acercó y se plantó delante de ella. Le puso una mano en el rostro con tanta ternura que ella temió derretirse.

–No deberías haber venido a mi habitación –declaró Andrea con voz espesa.

Izzy se humedeció los labios con la lengua mientras le miraba la boca.

–Y tú deberías haber echado el cerrojo desde tu lado de la puerta.

–Estoy tratando de portarme lo mejor posible contigo, pero me lo estás poniendo muy difícil –dijo Andrea, acariciándole el labio inferior con la yema de un pulgar–. Las cosas se complicarían mucho si tuviéramos relaciones.

–No te estoy pidiendo que te acuestes conmigo.

–¿No? –preguntó él con una mueca de cinismo.

Mirarle la boca hacía que su deseo se volviera más intenso aún.

–No… no estoy segura de qué es lo que te estoy pidiendo –mintió Izzy. Lo sabía perfectamente. Sabía lo que quería. A él.

Andrea le alzó la barbilla y se clavaron los ojos el uno al otro.

–Si nos acostáramos juntos, sería solo durante los seis meses que va a durar nuestro matrimonio. Te queda claro, ¿verdad?

Izzy plantó las manos en el duro pecho de él.

–Como no nos vamos a acostar con nadie mientras estemos casados, ¿por qué no aprovechar estos seis meses? –sugirió Izzy, apenas creyendo lo que acababa de decir. Pero no tenía sentido seguir negando que lo deseaba cuando, con solo mirarla, era evidente.

Andrea le puso las manos a ambos lados del rostro y comenzó a acariciárselo con los pulgares.

–En parte, esto me parece una locura; por otra parte, me parece lo más natural del mundo.

Andrea bajó la cabeza y le acarició los labios con los suyos. Fue una caricia suave, tímida incluso. Pero pronto encendió la llama de una pasión descontrolada.

Un profundo ardor la consumió. Se le doblaban las piernas, apenas podía sostenerse en pie. Tenía los labios pegados a los de él, su lengua ejecutaba un erótico baile con la de Andrea mientras oleadas de sensaciones eróticas le subían y bajaban por el cuerpo. La excitación aceleraba los latidos de su corazón. Una excitación como nunca había sentido. Su cuerpo entero respondía a todos y cada uno de los movimientos de él.

Andrea la agarró por las caderas, firme y posesivamente; pero, al mismo tiempo, con respeto. Era una exploración mutua, el inevitable lugar al que les había llevado la atracción que sentían el uno por el otro desde hacía tanto tiempo.

Andrea la estrechó contra sí, cadera contra cadera, pelvis contra pelvis. Contrajo los músculos al sentir el duro miembro de Andrea. El duro pecho de él contra sus senos la hizo sentirse más femenina que nunca. Sus cuerpos encajaban perfectamente, como las piezas de un puzle.

Izzy alzó los brazos y hundió los dedos en los cabellos de él mientras continuaban besándose. Andrea subió las manos hasta justo debajo de sus senos, pero sin tocarlos, torturándola.

Izzy lanzó un gemido y él, suavemente, le cubrió un pecho. Al pellizcarle el pezón, por encima de la ropa, ella lanzó un quedo grito de deleite. Andrea deslizó una mano por debajo de su camisa y le acarició la piel. Después, le desabrochó el sujetador y se apoderó de sus senos, los sujetó, los acarició… Y, por fin, bajando la cabeza, le chupó una aréola, dejando el pezón para el final.

Izzy ya casi no podía respirar cuando Andrea comenzó a lamerle y chuparle el otro seno. Estaba enloquecida.

Por fin, Andrea la llevó a la cama. Después de caer tumbados, Andrea la besó profundamente y ella se preguntó por qué se había resistido a él durante tanto tiempo. ¿Por qué se había negado a sí misma esa magia? Una magia que solo Andrea podía obrar.

Andrea le apartó el cabello del rostro y la miró a los ojos.

–¿Estás segura de que quieres hacer el amor?

Izzy le acarició una mejilla y la barba incipiente de él le raspó la mano.

–Sí, completamente segura.

Él le plantó otro beso en los labios; después, depositó diminutos besos a lo largo de su garganta y escote. Le lamió los pechos de nuevo, le chupó los pezones y se los mordisqueó suavemente. Bajó una mano para quitarle la ropa sin dejar de besarla. Todo ello con languidez y lentitud, sin prisas.

Izzy le desabrochó los botones de la camisa y acarició el pecho de Andrea salpicado de vello negro. Bajó la mano para acariciarle el vientre y él respiró hondo. Y con un atrevimiento impropio de ella, pasó la mano por encima de la bragueta de los pantalones de Andrea.

Sus ojos se encontraron y a él le tembló el vientre.

–Te deseo. Maldita sea, te deseo –dijo él con una nota de resentimiento en la voz.

–Lo dices como si fuera una enfermedad –comentó Izzy.

Andrea le dio un beso en la boca.

–Lo es. Llevo así años.

–¿Cuántos años? –preguntó Izzy.

–Siete –respondió él con una sonrisa ladeada.

–Vamos, que sí me deseabas por aquel entonces –dijo Izzy pasándole un dedo por los labios.

–Con locura –Andrea le capturó el dedo con la boca y se lo chupó.

Fue una sensación sumamente erótica que anticipaba lo que estaba por llegar.

–Me dijiste que te dejara en paz y que madurase un poco.

–Y lo has hecho –le brillaron los ojos mientras contemplaba los senos desnudos de ella.

Izzy le agarró las manos y se cubrió los pechos con ellas.

–Quiero que me toques. Te quiero dentro de mí.

–¿Estás tomando la píldora? –preguntó Andrea de repente.

–Sí.

–Bien. Porque una cosa es que nos acostemos juntos y otra muy distinta es tener un niño.

–No voy a quedarme embarazada, Andrea –replicó ella con irritación ante la posibilidad de que él sospechara que podría recurrir a semejante truco para atraparle.

–A veces, a pesar de haber tomado precauciones, ocurre.

–A mí, hasta la fecha, no me ha pasado.

–Pero, si te pasara, ¿qué harías? –le preguntó Andrea.

A Izzy nunca se le había pasado por la cabeza tener un hijo. Eso le ocurría a otra gente, a la gente que se casaba por amor y procreaba. Ella se había obligado a sí misma a no desear semejantes cosas. Después de presenciar el sufrimiento de su madre debido al control al que se había visto sometida por su marido, había decidido no permitir nunca que un hombre le hiciera eso a ella. Además, aunque solo tenía cinco años cuando su hermano, Hamish, murió, el dolor que sus padres habían sufrido tras la pérdida de su hijo la había afianzado en su decisión de permanecer soltera y sin hijos. Enamorarse la haría más vulnerable y dependiente, tener un hijo solo aumentaría su vulnerabilidad. Siempre le había parecido más sensato y seguro mantener las distancias con los hombres a un nivel emocional.

Pensar en Andrea y en un hijo era peligroso. Le había abierto una puerta que, hasta ese momento, había permanecido cerrada con llave. Imágenes de Andrea con su hijo en los brazos la asaltaron y se le encogió el corazón.

Izzy dejó escapar el aire que había contenido en los pulmones.

–Desde luego, se te da muy bien estropear las cosas.

Andrea tomó sus manos en las suyas y se las besó sin dejar de mirarla a los ojos.

–Es importante tener esta conversación porque esto va a durar solo seis meses. Un bebé lo cambiaría todo.

–Tranquilízate, Andrea, yo tampoco quiero tener hijos. ¿Sueles tener esta conversación con todas las mujeres con las que te acuestas?

–Siempre utilizo preservativos. Sin excepción –Andrea frunció el ceño–. Mis relaciones, como mucho, duran unas semanas.

–¿Por qué?

Andrea jugueteó con un mechón del cabello de ella mientras le clavaba los ojos en los labios.

–No me gusta dar falsas esperanzas. Me aburro con facilidad.

–Es decir, que las dejas antes de que les dé tiempo a encariñarse contigo, ¿verdad?

Izzy se preguntó por qué, a la edad de treinta y cuatro años, Andrea seguía conformándose con relaciones tan pasajeras, por qué no quería comprometerse seriamente con nadie. ¿Nunca le había ocurrido sentir algo más por alguien?

¿Y a ella?

Izzy no quiso que sus pensamientos siguieran por esos derroteros. Lo que quería era comprar la casa de sus abuelos y honrar así la memoria de su madre. Ese era su objetivo y no iba a descansar hasta conseguirlo.

Izzy le acarició la mandíbula y se movió debajo de él, el cuerpo seguía ardiéndole.

–¿Hemos acabado ya con esta conversación?

Andrea sonrió y sus ojos brillaron.

–¿Se te ocurre alguna otra cosa que podamos hacer?

Izzy tiró de la cabeza de él hasta que sus bocas casi se rozaron.

–¿Tú qué crees?

Andrea la besó, reavivando de nuevo la pasión. Le acarició todo el cuerpo con suaves toques. Le dedicó tiempo a sus zonas erógenas; los pechos, las muñecas, los muslos… A las caricias de sus manos siguieron las caricias de sus labios, electrificándole la piel, conduciéndola a un frenesí que la hizo retorcerse y gemir. Se desnudaron del todo, los dos. Y, por primera vez en su vida, no se sintió vulnerable y tampoco sintió vergüenza.

Andrea le separó las piernas y la tocó con los dedos, y ella enloqueció con las sensaciones que él despertó en sus partes más íntimas.

Izzy nunca había permitido a ninguno de sus amantes tocarla de esa manera; aunque, por supuesto, los pocos que había tenido ni siquiera lo habían intentado. Pero los tocamientos de Andrea eran tan suaves, tan respetuosos y generosos que se dejó llevar por la sensualidad del momento y comenzó a despojarse de sus inhibiciones.

Entonces, Andrea le acarició el sexo con los labios y la lengua, descubriéndole un mundo desconocido hasta el momento, un mundo de inconcebible placer en el que ninguna parte de su cuerpo quedó intacta. Se sacudió y se estremeció al alcanzar un exquisito orgasmo que la despojó de todo pensamiento.

Andrea le acarició el interior de los muslos cuando ella recuperó el sentido. No podía hablar. No quería hablar, por si decía algo que no debiera, consciente de su falta de sofisticación y experiencia en lo que a la vida sexual se refería, la suya tan distinta de la de él.

Andrea le apartó un mechón de pelo del rostro y la miró con intensidad.

–Te has quedado muy callada, *cara*.

Izzy esbozó una sonrisa forzada.

–¿Tú no quieres…? ¿No quieres terminar?

Andrea tomó una de sus manos y le besó la palma.

–No hay prisa. Quiero que saborees el momento.

Izzy se mordió los labios y le acarició el pecho con un dedo.

–Nunca me había acostado con un hombre que no… que no tuviera prisa.

Andrea le alzó la barbilla con un dedo y la obligó a mirarle a los ojos. La expresión de los de él contenía una nota de preocupación que la hizo preguntarse si su hostilidad hacia él no había sido completamente equivocada.

–Es importante para mí que sientas placer. Quiero que, cuando nos unamos por primera vez, sea satisfactorio para ambos por partes iguales, no quiero que acabes sintiéndote frustrada –él le acarició el labio inferior y frunció el ceño–. Lo que me has dicho… ¿significa que no siempre has disfrutado con el sexo?

Izzy se perdió en la cálida profundidad de la mirada de él. ¿Cómo podía Andrea leerle el pensamiento con tanta facilidad? ¿Y entender las necesidades de su cuerpo? ¿Y sus sentimientos y emociones?

–No tengo tanta experiencia como se me atribuye –Izzy suspiró–. Nunca me he sentido del todo cómoda al hacer el amor. Las veces que me he acostado antes de ahora, he tenido que emborracharme para aguantarlo. Por otra parte, a ninguno de los hombres con los que he hecho el amor le ha importado si me lo pasaba bien o no. Todos suponían que era una chica fácil con ganas de divertirse, pero la realidad… En fin, la verdad es que esta ha sido la primera vez que un hombre me ha producido un orgasmo. Hasta ahora, siempre los he fingido para acabar cuanto antes.

Andrea le acarició el rostro.

–Oh, Isabella –dijo él con voz suave–. El sexo debe procurar un disfrute mutuo, no el de uno solo. Tus amantes deberían haberte preguntado si lo que te hacían te gustaba o no. No deberías haber soportado el sexo, deberías haberlo disfrutado.

Le emocionaba tanto la comprensión que Andrea mostraba que temió echarse a llorar.

–Hablando de disfrute mutuo… ¿Vas a terminar de hacerme el amor o no?

A los ojos de él volvió a aflorar una sombra de preocupación.

–¿Es eso lo que quieres? ¿De verdad?

Izzy le acarició una mejilla.

–Quiero que me hagas el amor. Quiero recibir y darte placer –susurró ella con todo el anhelo que sentía por él en la voz.

–¿Estás segura? –preguntó Andrea acercando la boca a la suya.

–Completamente segura –respondió Izzy, y sus bocas se unieron.

Capítulo 8

LA LLAMA de la pasión se encendió tan pronto como la boca de Andrea encontró la suya. Las sensuales caricias mutuas le erradicaron las malas experiencias del pasado. Por primera vez, supo lo que era recibir y dar placer, y su regocijo fue inmenso.

Andrea fue lento y concienzudo, y no dejó ninguna parte de su cuerpo sin tocar. Le besó y le acarició los pechos, la mordisqueó y la lamió.

Pero ella mostró igual entusiasmo al aprender el cuerpo de él, al pasarle las manos por los duros músculos. Le agarró el miembro y se enteró de lo que le gustaba o dejaba de gustarle, prestó atención y se dio cuenta de a qué y cómo respondía Andrea. Y se sintió más poderosa que nunca.

Andrea agarró un preservativo y se colocó para penetrarla. El momento final de la conexión física fue tan absolutamente erótico y tan sorprendentemente tierno que la dejó sin respiración. Su cuerpo le dio la bienvenida, aceptándole y envolviéndole sin miedo, sin desgana, sin fingir. El lento movimiento de él dentro de su cuerpo le provocó una enfebrecida respuesta. Empezó a ascender a una cumbre muy alta con creciente tensión. Aún no había alcanzado la cima, pero estaba ya tan cerca... tan cerca... al borde del precipicio...

Andrea puso las manos entre sus cuerpos y la acarició íntimamente hasta hacerla precipitarse por el abismo. Una vorágine de sensaciones la envolvió y se apoderó de todos y cada uno de los poros de su ser, oleadas de placer la arrollaban.

Casi al instante, le sintió alcanzar el clímax y le oyó lanzar un profundo gruñido que vibró en su propio cuerpo como si el placer de él estuviera unido al suyo. Percibió los espasmos de Andrea como si fuesen propios, y le pareció que jamás se había sentido tan unida a nadie como a Andrea.

Una sobrecogedora emoción la embargó y le cerró la garganta mientras los ojos se le llenaban de lágrimas. Lamentó su falta de sofisticación por sentirse tan vulnerable y ocultó el rostro en el cuello de él, con la esperanza de que Andrea interpretara su silencio como una sensación de satisfacción.

Tras unos minutos así, Andrea se apoyó en un codo para incorporarse y la obligó a mirarle. Entonces, al ver sus lágrimas, frunció el ceño.

–¿Te he hecho daño? –preguntó él con preocupación.

Izzy esbozó una sonrisa ladeada.

–No, claro que no. Has sido... muy tierno, maravillosamente tierno. Es solo que... que no sabía que esto podía ser tan fantástico. No ha sido apresurado ni ha tenido nada de vergonzoso.

Andrea le secó las lágrimas y la miró con tanta ternura que ella temió echarse a llorar otra vez. Estaba acostumbrada a que sus amantes se apartaran de ella y se marcharan. Asunto concluido. Fin. Pero Andrea era diferente; no solo le había hecho el amor a su cuerpo, sino también a su alma.

–Tú también has estado maravillosa –dijo él–. Siempre he sabido que seríamos compatibles en la cama.

Izzy le acarició la frente, pero le evitó la mirada.

–¿Por qué has esperado tanto tiempo para acostarte conmigo? Lo que quiero decir es que podríamos haber estado haciendo el amor y no la guerra.

–Esa es una de las razones por las que mantenía las distancias contigo –contestó Andrea sonriendo–. Estando contigo, no puedo fiarme de mí mismo. Pero mi ama de llaves, Gianna, desde el momento en que te ha visto se ha dado cuenta de que yo estaba perdido.

–¿Porque soy la primera mujer a la que has traído aquí?

–Porque eres la primera mujer con la que me he casado.

Izzy se miró los anillos de la mano izquierda. Parecían tan auténticos... Y, sin embargo, un puño invisible le estrujó el corazón. Eso solo duraría seis meses. Andrea no quería una esposa, igual que ella no quería un marido. No iban a pasar juntos el resto de sus vidas. Estaban juntos por dinero, por conveniencia.

–Pero Gianna sabe que este es un matrimonio de conveniencia. Los dos se lo hemos dicho.

Andrea se apartó de ella y se deshizo del preservativo.

–Ya te lo he advertido, es una romántica empedernida. Para ella, un matrimonio de conveniencia es una oportunidad para enamorarse. Se casó con su difunto marido para saldar unas deudas de la familia y pasaron juntos treinta años muy felices, hasta que él murió hace dos años –Andrea volvió la cabeza hacia ella y la miró con expresión indescifrable–. No te dejes influenciar por Gianna. Haremos lo que nos hemos propuesto y, cuando llegue el momento, nos despediremos sin lágrimas. ¿De acuerdo?

–De acuerdo.

Andrea se inclinó sobre ella y le acarició la boca con la suya. Después, se enderezó y fue a ponerse los pantalones.

–Tengo que encargarme de un par de cosas en mi despacho, tienen que ver con la compra de ese hotel. ¿Te importa quedarte sola durante una o dos horas? Cenaremos en la terraza y quizá después podríamos ir a darnos un baño a la luz de la luna. Le daré a Gianna la noche libre para así estar solos.

–Estupendo –contestó Izzy, muy ilusionada con la idea de que se bañaran a la luz de la luna.

Después de una hora y media, Andrea no había logrado acabar el trabajo. No dejaba de rememorar el encuentro amoroso con Izzy. Le costaba creer lo fácilmente que se había rendido al instinto. Pero lo que ella le había contado sobre sí misma y sus inseguridades había hecho que le resultara imposible resistirse. Habían franqueado una barrera y ahora se encontraba en un mundo sensual que, hasta la fecha, había evitado. El encuentro amoroso había sido tierno y apasionado simultáneamente. Sabía el peligro que entrañaba el cambio en su relación, pero estaba convencido de que solo duraría seis meses. Sí, ninguna relación le había durado tanto, pero ese era el trato y los dos saldrían ganando. La boda del hombre de negocios con el que estaba en tratos iba a tener lugar en dos semanas y supuso que acostándose con Izzy daría más autenticidad a su matrimonio.

No obstante, ahora que había hecho el amor con ella, tendría que tener cuidado para no acabar haciéndola sufrir. Habían hecho un acuerdo. Seis meses. No quería prolongar la relación ni que se proyectara hacia el futuro. No estaba dispuesto a volver a sufrir. No quería encontrarse en una situación que podría hacerle vulnerable al rechazo.

No. Iba a ajustarse al plan inicial. Su relación iba a ser puramente física, sin ataduras emocionales.

Izzy se dio una ducha y bajó la escalera a tiempo de que Gianna le diera instrucciones sobre cómo calentar la comida que había preparado y dónde servirla.

Gianna había preparado una mesa en la terraza, con vistas a la piscina y al mar. La mesa estaba cubierta con un mantel blanco, estaba iluminada por un candelabro y, a ambos lados de este, había jarrones con flores. Había dos sillas acolchonadas, una frente a la otra. El conjunto formaba el escenario más romántico que había visto nunca.

No obstante, la situación le resultaba conflictiva. Hacer el amor con Andrea acarreaba un cambio en su relación. Ya no le detestaba. El odio del pasado le había servido de armadura, pero ahora ya no disponía de un arma para luchar contra él. ¿Cómo iba a defenderse? Por otra parte, le resultaba imposible odiar a un hombre que la había hecho sentir una magia desconocida hasta ese momento.

Iban a pasar juntos seis meses y las cosas, después de acostarse juntos, no podían volver a ser como antes.

Andrea salió a la terraza con una botella de champán en la mano. Al parecer, él también se había dado una ducha porque tenía el cabello húmedo.

Andrea recorrió con la mirada su vestido de seda color ostra, la única prenda decente que le había dado tiempo a meter en la pequeña maleta.

–Estás preciosa. El resto de tus cosas estarán aquí mañana. Pero podemos ir a comprar lo que sea que necesites.

–Gracias.

Andrea le puso una mano en el hombro y a ella le recorrió un cosquilleo por todo el cuerpo.

–Estás nerviosa –dijo Andrea con sorpresa, no era una pregunta.

Izzy sintió el sonrojo de sus mejillas.

–No estoy acostumbrada a tener esta relación contigo, como muy bien sabes. Hasta ahora, cuando nos veíamos siempre discutíamos. Es un poco... raro. Raro, pero está muy bien.

Andrea sonrió y bajó la cabeza para darle un beso al lado del lóbulo de la oreja. Izzy percibió el aroma a cítricos de la loción para después del afeitado que él usaba, el olor a limón y a lima la embriagó. Aunque Andrea acababa de afeitarse, le raspó ligera y sensualmente la piel. El aliento de ese hombre le acarició el cuello.

Andrea la tomó por sorpresa al lamerle la mandíbula hasta llegar a su boca. Entonces, la besó. Fue un beso lento y sensual que le encendió la piel. Ella abrió la boca para dar paso a la exigente presión de la de él. Le rodeó el cuello con los brazos, pegándose al calor y a la dureza de él. Debajo del vestido de seda de tirantes no llevaba sujetador, y frotó sus senos contra el pecho de Andrea. Su cuerpo se estaba preparando, la excitación le aceleró los latidos del corazón.

Andrea continuó besándola, entrelazando la lengua con la suya, avivando su pasión.

Izzy no comprendía cómo un beso podía ser tan apabullante. Todas y cada una de las células de su cuerpo latían. Su deseo iba en aumento con cada caricia de la boca de él. Las manos de Andrea enredadas en su cabello le provocaron corrientes eléctricas en todo su ser.

Por fin, Andrea abandonó su boca y la miró con oscura sensualidad.

–Esta forma de relacionarnos es mucho mejor que la otra, ¿no te parece?

Izzy sonrió.

–Sí, mucho mejor.

Andrea volvió a besarla y la estrechó contra su excitado cuerpo mientras respiraban el olor de las flores y del mar y dejaban que la magia del lugar les embriagara.

A Izzy le parecía estar viviendo un cuento de hadas, un cuento en el que no había creído hasta ese momento: un lugar romántico, una cálida y fragante noche, champán, una cena deliciosa y un hombre que solo tenía ojos para ella.

¿Qué más podía desear?

Andrea la soltó y sonrió.

–Como sigamos despistándonos no vamos a probar la exquisita cena que Gianna nos ha preparado. ¿Una copa de champán, *cara*? Para celebrar que hayamos hecho las paces.

–Sí, muchas gracias –Izzy alargó la mano hacia la copa que él le había servido. Andrea apartó una silla para que ella se acomodara y, después de sentarse, Izzy desvió la mirada hacia abajo del monte–. Este sitio es una maravilla. ¿Hace mucho que tienes esta casa?

Andrea se sentó frente a ella.

–La compré hace cinco años. Estaba harto de vivir en hoteles. Quería tener una base, una casa, un lugar que no tuviera nada que ver con el trabajo –Andrea hizo una mueca–. Aunque no siempre lo consigo. Gianna no para de decirme que, cuando estoy aquí, paso demasiado tiempo trabajando en el despacho.

Izzy bebió champán y le miró por encima del borde de la copa. Nunca había visto a Andrea tan relajado. Solo se había abrochado la mitad de los botones de la camisa y llevaba las mangas recogidas hasta por encima del codo. Y entonces se preguntó por qué, en el pasado, Andrea le había parecido tan intimidante.

–¿Cómo es que te metiste en el negocio de los hoteles? ¿Por qué ese negocio y no otro?

Andrea le pasó uno de los panecillos de la cesta del pan.

–A los catorce años, cuando me marché de casa…

–¿A los catorce? –Izzy le miró alarmada–. ¿Tenías catorce años cuando te marchaste de casa?

–No lo hice porque quisiera –respondió él con una sonrisa que no era realmente una sonrisa–, pero me estaba resultando imposible vivir con mi padrastro.

Izzy miró la cicatriz que él tenía en la ceja izquierda y le dio un vuelco el estómago al pensar en lo que Andrea debía de haber pasado de pequeño.

–¿Esa cicatriz es por tu padrastro?

Andrea se tocó la cicatriz y una sombra cruzó su expresión. Aquellos recuerdos debían de ser dolorosos para él.

–Mi padrastro era un sinvergüenza, un cobarde que utilizaba los puños en vez del intelecto. Aunque no es que tuviera mucho intelecto que digamos.

Izzy tragó saliva. Ella también sabía lo que era vivir con un hombre de mal temperamento.

–¿Era violento con tu madre?

–Sí, aunque era bastante listo, no le dejaba moratones –respondió Andrea apretando la mandíbula–. Yo intervenía cuando podía; pero, al final, mi madre prefirió quedarse con él. Eso fue lo que más me dolió. Volví al día siguiente de que me echara de casa y le pedí a mi madre que se viniera conmigo, le prometí que encontraría un sitio en el que los dos pudiéramos vivir juntos, a salvo. Pero mi madre me dijo que no quería volverme a ver en la vida. Prefirió quedarse con ese hombre. Increíble.

Izzy frunció el ceño. Se le encogió el corazón al pensar en Andrea, a los catorce años, viéndose rechazado por su padrastro y por su madre.

–¡Qué horror, Andrea! Debió de ser terrible para ti. ¿Qué hiciste? ¿Adónde fuiste?

Andrea bebió un par de tragos de champán.

–Viví en la calle durante un par de meses, hasta que conocí a tu padre. Tu padre me vio buscando comida en la parte trasera de un hotel de Florencia. El personal de cocina me conocía y solían darme restos de comida –Andrea sonrió–. Puede que tu padre no fuera un ángel, pero si no hubiera sido por él no sé dónde ni cómo habría acabado.

Aquella era una faceta de su padre que Izzy desconocía. No obstante, el bien que había hecho no compensaba cómo la había tratado a ella.

–¿Qué es lo que hizo por ti?

–Me buscó un sitio para vivir y me ofreció un trabajo. Al principio, el trabajo solo consistía en limpiar y cosas así; pero, después, dijo que estaba impresionado conmigo –Andrea agarró la botella de champán y volvió a llenarle la suya, pero no la de él–. Volví a los estudios y, después del colegio, estudié economía. Cuando vivía en la calle, me prometí a mí mismo que algún día montaría un hotel solo para la gente sin hogar, para que allí pudieran descansar y comer.

Andrea dejó la botella en la cubeta de hielo y volvió a recostar la espalda en el respaldo del asiento.

–Bueno, ya basta de hablar de mí. Me gustaría que me contaras algo sobre Hamish. ¿Cómo era?

Izzy se preguntó si alguien más conocía el oscuro

pasado de Andrea. Le conmovió que él se lo hubiera contado. A juzgar por la sombría expresión de él, se daba cuenta de que no debía de haberle resultado fácil.

–Hamish era bastante mayor que yo, como ya sabes; mi madre tuvo varios abortos naturales después de tener a Hamish y hasta que yo nací. Hamish era maravilloso, inteligente y divertido, un hermano mayor estupendo. Yo le idolatraba y él me mimaba mucho. Desgraciadamente, tuvo sarcoma y eso lo cambió todo en nuestra familia. A pesar de que los médicos y mis padres hicieron todo lo que estuvo en sus manos, no pudieron salvarle –Izzy lanzó un suspiro–. Pasamos una época terrible después de su muerte. Mi padre esperaba de mí que hiciera todo lo que Hamish habría hecho de haber vivido. Pero a mí los estudios no se me daban bien; no podía soportar la presión y acabé haciéndome una rebelde.

Izzy frunció el ceño mientras recordaba esa etapa tan difícil de su vida.

–Me habría gustado tener a alguien con quien hablar, pero la única persona con quien habría podido hacerlo era Hamish y él estaba muerto –añadió Izzy.

–¿Y tu madre? ¿No tenías confianza con ella?

Izzy siempre se ponía triste cuando pensaba en su madre.

–Estábamos muy unidas antes de que Hamish enfermara. Hasta entonces, habíamos sido una familia feliz; al menos, eso era lo que a mí me parecía cuando era pequeña. Aunque la verdad es que estábamos siempre más contentos sin mi padre. Por eso me encantaba ir a casa de mis abuelos, porque mi padre no venía con nosotros. No se llevaba bien con sus suegros. Pero entonces Hamish enfermó y mi madre, comprensiblemente, se vino abajo. Acabó sintiéndose una fracasada como madre y como esposa. Y, a los dos años del fallecimiento de Hamish, mis abuelos se mataron en un accidente de coche. A partir de ese momento, mi madre se refugió en sí misma y, poco tiempo después, le detectaron un cáncer de hígado. Fue como si nos hubiera caído una maldición.

El rostro de Andrea mostró preocupación y compasión.

–¿Cómo reaccionó tu padre?

Izzy volvió a lanzar un suspiro.

–Se refugió en el trabajo. Empezó a viajar mucho, lo mejor para mí ya que, cuando estábamos juntos, lo único que hacíamos era discutir. No podía verme sin reprocharme cómo me vestía o lo mal que iba en los estudios o lo mal que me portaba. Me ponía a temblar cuando volvía a casa; y, sin embargo, le provocaba para llamar su atención. Aunque me doy cuenta de que ese tipo de comportamiento es propio de alguien muy inmaduro.

–Entonces… ¿nunca estuviste unida a él, ni siquiera de pequeña?

Izzy esbozó una sonrisa llena de dolor.

–A mi padre no le gustaban mucho los niños, no los comprendía o no le interesaban. En una ocasión, a mi madre se le escapó que mi padre había tratado a Hamish igual que a mí de pequeño, aunque su actitud cambió cuando se hizo más mayor. Sin embargo, cuando yo me hice mayor, me di cuenta de que mi padre nunca intentaría tener una mejor relación conmigo porque yo no era un chico. Y eso era lo que mi padre quería, un chico, un heredero.

Izzy hizo una pausa momentánea, bebió un sorbo de champán y añadió:

–Con quien sí me llevaba bien era con mis abuelos, los padres de mi madre. Ellos me adoraban, y a Hamish también, por supuesto –Izzy miró a Andrea a los ojos–. Por eso es por lo que quiero mi herencia. Quiero comprar, recuperar, la casa de mis abuelos. Después de que murieran, mi padre se empeñó en vender su casa. Mi madre no quería, pero él la convenció.

–¿Dónde está?

–En Wiltshire –respondió Izzy–. A unos pocos kilómetros de un pueblecito precioso del que nadie ha oído hablar y para mí es un paraíso. De allí tengo los mejores recuerdos de mi vida, en casa de mis abuelos con mi madre y Hamish. No voy a descansar hasta que no recupere la casa. El actual propietario se ha comprometido a esperar estos seis meses para vendérmela.

–¿Qué vas a hacer con ella después de comprarla? ¿Vas a irte a vivir allí?

–Sí, ese es el plan –contestó Izzy–. Tengo pensado convertirla en una residencia de vacaciones para personas que han pasado momentos difíciles. Quizá incluso para niños con cáncer. Además de la casa principal, hay otra pequeña, pero muy bonita, que era la del jardinero.

Izzy agarró su panecillo y partió un trozo antes de añadir:

–Supongo que para alguien como tú, un hotelero profesional, mi idea debe de parecerte demasiado en el aire. La verdad es que aún no he hecho un plan de negocios ni nada parecido. Además, hace años que no voy allí.

Andrea le agarró una mano y se la apretó.

–Yo empecé desde abajo y fui subiendo poco a poco. Tú crees en tu proyecto y eso es lo realmente importante.

Izzy fijó los ojos en sus manos unidas, en su anillo de bodas y en el de compromiso, cuyo brillo le recordó las bases de su matrimonio. Apartó la mano y untó mantequilla en el pan.

–¿Ves a tu madre? –el silencio de él la hizo insistir–. Andrea…

Andrea parpadeó, como si volviera al presente después de haberse ausentado.

–No.

–¿Has intentado ponerte en contacto con ella?

–¿De qué serviría? –respondió él con una amargura que no supo disimular.

Izzy se mordió el labio inferior, preguntándose si no se habría adentrado en terreno peligroso.

–No sé… Se me ha ocurrido que hablar con ella quizá te ayudara a comprender por qué hizo lo que hizo.

–Fue decisión suya. En lo que a mí respecta, no hay nada más que hablar.

–Pero… ¿y si no hubiera tenido otra alternativa? –Izzy le miró a los ojos–. ¿Y si le tenía miedo a tu padrastro? ¿Y si tenía miedo de lo que él pudiera haceros a los dos si le dejaba? Quizá tu padrastro le obligó a decirte que te marcharas y que no volvieras nunca.

–Ha tenido tiempo de sobra para ponerse en contacto conmigo si hubiera querido. No he estado escondido precisamente.

–Pero, si quisiera verte, ¿accederías?

Un brillo cínico asomó a los ojos de él.

–¿Y qué crees que querría de mí después de tantos años? ¿Dinero?

–Comprendo que cuestionarías sus motivos, pero…

–Isabella, por favor, cambiemos de tema –dijo Andrea en tono tajante–. Tú tuviste problemas con tu padre y yo con mi madre. Dejémoslo estar.

–Pero puede que tu madre siga viva –insistió Izzy, haciendo un esfuerzo por ignorar la punzada de dolor que sintió en el corazón. La culpabilidad y el resentimiento la acompañarían el resto de su vida, era demasiado tarde para ella, su padre estaba muerto.

Los ojos de Andrea perdieron dureza y volvió a buscar la mano de ella.

–*Cara*… –dijo él con voz suave, casi con ternura, al tiempo que le estrechaba la mano–. Perdóname. Lo que me pasó ocurrió hace mucho tiempo, tanto que a veces tengo la impresión de que le ocurrió a otra persona, no a mí. Pero lo tuyo es reciente. La herida está abierta aún. Tu padre se portó mal contigo. Pero tu padre tenía sus problemas, la gente infeliz hace daño a los demás porque es la forma que tienen de controlar.

Izzy forzó una sonrisa.

–Me pregunto qué pensaría de que nos hayamos casado. ¿Crees que se le pasó por la cabeza que pudiera ocurrir?

–¡Quién sabe! Sin embargo, lo principal es que heredes después de estos seis meses. Y ahora que me acuerdo, la boda del colega con el que estoy en tratos va a tener lugar dentro de dos semanas. Se va a casar en Venecia. Va a ser una boda por todo lo alto. Así que, si necesitas que te ayude a elegir la ropa para la boda, solo tienes que decírmelo. Por supuesto, yo la pagaré.

–No es necesario que me compres ropa.

Andrea se encogió de hombros y alcanzó su copa de champán.

–Considéralo una de las ventajas del trato. Vale la pena gastar dinero si es para conseguir lo que uno quiere.

–¿Por qué tienes tanto interés en comprar ese hotel en particular? –preguntó Izzy–. ¿Qué tiene de especial?

–Es el hotel de Florencia en el que tu padre me encontró mendigando comida. Llevo años queriendo comprar ese hotel y no me voy a dar por satisfecho hasta que lo consiga. El hotel de Patrizio Montelli es pequeño en comparación con la mayoría. Pero no voy a parar hasta que no sea mío. Sin embargo, para eso tengo que solucionar el asunto de su hijastra.

–En ese caso, espero que su hijastra se crea que estamos casados de verdad, que lo nuestro no es una farsa.

Andrea la penetró con los ojos.

–Cuando nos vea juntos, Alexis solo podría llegar a la conclusión de que lo nuestro es real. Nuestra mutua atracción está ahí, es patente.

Izzy agarró su copa para evitar rendirse a esa atracción ahí mismo, en ese momento.

–Bueno, ¿vamos a lanzarnos de una vez a esta deliciosa comida que Gianna nos ha preparado? Debe de estar quedándose fría.

–La cena primero, un baño después –declaró Andrea con una perezosa sonrisa.

–No llevo puesto el traje de baño.

–No lo vas a necesitar –dijo él con un brillo malicioso en los ojos.

Capítulo 9

DESPUÉS DE recoger la mesa y fregar, Izzy siguió a Andrea a la piscina. Él apagó casi todas las luces del jardín y solo la luna iluminó la lisa superficie de la piscina.

Andrea se desabrochó la camisa y, al verle el pecho desnudo, Izzy sintió un cosquilleo en todo el cuerpo.

–¿Te has bañado desnuda alguna vez?

–No –Izzy se bajó un tirante del vestido–. Es curioso, pero no hago más que vivir experiencias nuevas contigo.

Andrea se despojó de toda su ropa y fue hacia ella para ayudarla con la suya. Andrea le bajó el otro tirante y el vestido cayó a sus pies, dejándola solo con las bragas. Devoró con los ojos sus pechos desnudos y después los sujetó con las manos, haciéndola estremecerse de placer. Le acarició los pezones, los pellizcó, torturándola. Entonces bajó la cabeza y se los lamió y mordisqueó, y un temblor recorrió el cuerpo de ella.

Cuando Andrea le bajó las bragas, Izzy se pegó a él. Nadie había despertado su deseo de esa manera. Con tanta fuerza. Con esa locura. Con esa pasión.

Andrea se arrodilló delante de ella y acercó la

boca a su pelvis. Izzy le agarró la cabeza, preparándose para la tormenta que los labios y la lengua de Andrea iban a desencadenar. Se entregó por entero al placer mientras él la devoraba y, por fin, no pudo aguantar más. Alcanzó el clímax en la lengua de Andrea, jadeó y se estremeció mientras oleadas de gozo la recorrían por entero.

Andrea se puso en pie y la abrazó.

–Me encanta ver cómo te derrites cuando te hago eso. Me encanta.

–Jamás me imaginé que pudiera dejar a nadie hacerme eso –Izzy le acarició los labios con los dedos–. No puedo imaginarme a mí misma permitiendo a otro hombre…

Una fugaz sombra cruzó la expresión de Andrea. Pero se recuperó con una sonrisa que no le llegó a los ojos.

–Bueno, venga, vamos a bañarnos.

Andrea se separó de ella, se tiró al agua y se puso a nadar. Ella se quedó al borde de la piscina, sin atreverse a tirarse también porque jamás podría nadar como él. Mientras le contemplaba, no pudo evitar una punzada de envidia al verle nadar como si fuera un profesional. Andrea le recordó a su hermano, Hamish, que había sido un excelente nadador. Desgraciadamente, a ella nunca se le había dado bien, otra de las cosas por las que su padre la había menospreciado; y por ese motivo, hacía años que no nadaba.

Andrea se detuvo y se apartó del rostro unos mechones de pelo.

–Venga, tírate al agua. No está fría.

Izzy se acercó a la parte que no cubría y, con cuidado, bajó unos escalones y se metió en el agua, que le llegaba a la cintura. Andrea no le había mentido, el agua era cálida y le acarició la piel desnuda como si fuera una seda cálida y mojada.

–Yo me quedo aquí –dijo ella.

Andrea se dirigió al extremo de la piscina que no cubría y la miró a los ojos.

–¿Qué te pasa? ¿No te gusta nadar?

–No se me da muy bien. A Hamish sí, pero a mí no.

–¿Hacía tu padre comparaciones al respecto, entre tu hermano y tú?

A Izzy le sorprendió la habilidad de Andrea para interpretar correctamente la situación siempre que ella hablaba de su infancia.

–No me ayudó mucho que, cada vez que intentaba nadar, mi padre se acercara a la piscina para decirme todo lo que hacía mal.

–No debería haber hecho eso nunca –dijo Andrea tomándole las manos–. No hay derecho a tratar así a un niño.

Izzy le rodeó la cintura con los brazos y pegó la pelvis a la de él.

–Gracias por tu comprensión. Sé que debe de ser difícil para ti oír estas cosas sobre mi padre, sé que fue bueno contigo. En realidad, se portó muy bien con mucha gente. El problema es que no era la clase de padre que yo necesitaba.

–Le agradezco mucho lo que hizo por mí –Andrea le rozó la frente con los labios–. Pero no éramos tan amigos como él suponía. Yo no tenía amigos íntimos –Andrea lanzó un suspiro–. Sigo sin tenerlos.

«¿Y yo?». La pregunta quedó en el aire, interponiéndose entre los dos. ¿No tenían una relación íntima? Andrea le había contado cosas que, con toda seguridad, no había contado a ninguna otra persona. Habían compartido sus cuerpos íntimamente. ¿Qué debía pasar para que Andrea bajara la guardia y se permitiera confiar en ella?

–Eh, ¿no hemos venido aquí para nadar? –preguntó Andrea sonriendo.

–¿En serio quieres nadar? –preguntó ella con una coqueta sonrisa.

Con los ojos oscurecidos por el deseo, Andrea acercó la boca a la de ella.

–En estos momentos, no.

Las dos semanas siguientes transcurrieron en una especie de nube de placer. Pero Izzy sabía que, tarde o temprano, aquello iba a acabar, que no podía durar mucho más, que la vida en la maravillosa villa de Andrea en la costa de Amalfi era solo algo temporal. Sin embargo, por mucho que ella insistiera en lo contrario, Gianna seguía convencida de que su matrimonio iba a acabar siendo permanente. Gianna sonreía cada vez que la veía salir del dormitorio y ella no dejaba de recordarse a sí misma que, por apasionada que fuera su relación con Andrea, él no estaba enamorado de ella. No, su matrimonio no duraría más de los seis meses a los que el testamento de su padre les obligaba a estar juntos.

Respecto a lo que Izzy sentía por él… Suspiró y trató de ignorar lo mucho que le gustaba la compañía de Andrea. Cuanto más lo pensaba, más deseaba lo que no podía ser. Quería cosas que, hasta ese momento, había creído no querer.

Andrea lograba trabajar y, a la vez, dejarse tiempo libre para pasarlo con ella. La acompañó a comprar ropa y la llevó a restaurantes de la zona en los que servían comida exquisita. Los días que Gianna tenía libres, Izzy se encargó de la comida y le gustó hacerlo.

La víspera del día que iban a ir a Venecia para asistir a la boda del hombre con el que Andrea estaba en tratos, Izzy se despertó en mitad de la noche a causa de los acostumbrados dolores que le producía el periodo. Como no quería despertar a Andrea, se levantó de la cama sigilosamente y fue al cuarto de baño para ponerse uno de los tampones que tenía en el neceser. Como no tenía paracetamol, decidió bajar a la cocina, donde sabía que había un botiquín de primeros auxilios. En la cocina, agarró una pastilla, echó agua en un vaso y se la tomó. Pronto se le pasaría el dolor.

Pero mientras contemplaba el paisaje iluminado por la luna a través de la ventana, le sobrevino una sensación de desilusión. Se llevó una mano al vientre y permitió que un pensamiento penetrara en su cerebro. Sí, pensó en tener un hijo con Andrea, un hijo concebido por amor, no por simple lujuria. Un hijo que criarían entre los dos, como pareja. Enamorados.

Izzy bajó la mano. No debería pensar esas cosas. ¿Qué demonios iba a hacer ella con un hijo? Ni siquiera había tenido a un niño en los brazos, nunca. Nunca se le había pasado por la cabeza ser madre. No sabría serlo.

–¿*Cara*? –la voz de Andrea la sacó de su ensimismamiento–. ¿Qué haces aquí a estas horas? –Andrea clavó los ojos en la caja de paracetamol–. ¿Te pasa algo? ¿Te encuentras mal? –se acercó a ella y le puso una mano en la frente–. Estás sonrojada, pero no pareces tener fiebre.

Izzy se apartó de él y cruzó los brazos a la altura del vientre.

–No me pasa nada. Es solo que necesitaba tomarme un paracetamol.

–¿Te duele la cabeza? –preguntó Andrea con el ceño fruncido.

–No. Es la regla.

–¿Puedo hacer algo? –le preguntó él poniéndole las manos en los hombros.

«Sí, podrías enamorarte de mí…».

–No, nada. Ya me he tomado una pastilla y el dolor se me pasará enseguida.

–Deberías haberme despertado, cielo –dijo Andrea levantándole la barbilla con un dedo–. ¿Suele dolerte cuando tienes la regla?

A Izzy se le hizo un nudo en la garganta, una profunda emoción amenazó con hacerla perder la compostura. La ternura de Andrea la hizo pensar en todo lo que echaría de menos cuando ese matrimonio llegara a su fin. ¿Quién la había consolado durante los dolores menstruales? ¿Quién la había mirado con tanta ternura y preocupación? Parpadeó y tragó saliva.

–De vez en cuando –Izzy forzó una sonrisa–. No te preocupes, estoy bien. Vamos, Andrea, acuéstate. Enseguida subo.

Andrea le acarició las mejillas mirándola fijamente a los ojos y tomó sus manos en las suyas.

–¿Quieres que te prepare una bolsa de agua caliente? Seguro que Gianna tiene alguna por aquí en la cocina...

–Por favor, déjalo, no me pasa nada –Izzy se soltó de las manos de él y se apartó.

–No me rechaces, Isabella. Estoy preocupado por ti –dijo él con suavidad y una nota de frustración en la voz.

Izzy se acercó al fregadero y se llenó el vaso de agua.

–Deberías sentir alivio.

–¿Alivio? ¿Por qué?

–Por no haberme dejado embarazada –respondió ella dándose la vuelta de cara a él.

–¿Temías que pudieras estarlo?

–No, no mucho –Izzy se encogió de hombros.

Andrea se aclaró la garganta y se pasó una mano por el cabello.

–Voy a buscar la bolsa de agua caliente. Tú vete a la cama, no tardaré más que unos minutos.

Izzy salió de la cocina sin rechistar.

Andrea encontró una compresa para frío y calor, la metió en el microondas y frunció el ceño. Izzy tenía razón, debería sentirse aliviado. Lo último que quería era dejarla embarazada. Un embarazo lo cambiaría todo. No quería que eso ocurriera. Le gustaba la situación tal y como estaba. Disfrutaban juntos, lo pasaban bien, pero eso no significaba que quisiera que durara más del tiempo estipulado. No estaba involucrándose emocionalmente con ella… ¿O sí? No, claro que no. Los límites seguían claramente definidos.

¿Se alegraba Izzy de no haberse quedado embarazada? La había mirado intensamente, pero a Izzy se le daba demasiado bien disimular; a veces, mejor que a él. Izzy le había dicho que no quería tener hijos, pero… ¿era verdad, no habría cambiado de idea? Y también era un asunto muy serio, algo que había que pensarse muy bien. ¿Por qué iba él a querer tener hijos? Había sido muy desgraciado con su familia. Su padre natural había dejado a su madre antes de que él naciera y su padrastro había sido un tirano. En teoría, le gustaba la idea de una «familia feliz», pero eso casi nunca ocurría en la realidad. Había decidido que era mucho más fácil, menos doloroso, seguir su vida sin ataduras, sin esposa ni hijos.

Se negaba a pensar en lo solo que podría llegar a sentirse una vez que Izzy y él se separaran.

Estaba acostumbrado a vivir solo. Llevaba solo casi toda la vida.

Andrea subió a la habitación con la compresa de calor. Izzy estaba tumbada de costado con una mano debajo de la cabeza y la otra en el vientre. Cuando él se aproximó a la cama, ella parpadeó y sonrió.

–Perdona por haberte despertado.

Andrea se sentó en la cama, al lado de ella, y le puso la compresa de calor sobre el vientre. Con la otra mano, le apartó el cabello que le caía sobre el rostro.

–¿Te ha hecho efecto ya la pastilla?

–Un poco.

–¿Crees que estarás bien para acompañarme a Venecia mañana, a la boda de Patrizio Montelli?

Izzy se giró en la cama hasta quedar boca arriba y se apretó la bolsa de calor contra el vientre.

–Sí, claro. Es solo la regla, Andrea. Me vino a los trece años.

–¡Y yo que pensaba que lo de afeitarse todos los días es un horror! –comentó Andrea con una burlona sonrisa.

Izzy le acarició la mandíbula y clavó los ojos en su boca. Al instante, un temblor le recorrió el cuerpo. Los suaves dedos de Izzy desencadenaron en él una tormenta. Le agarró la mano, se la llevó a la boca y le besó los dedos, uno por uno.

–Deberías intentar dormir un poco –dijo Andrea con voz ronca.

Se miraron a los ojos y ella se mordió el labio inferior.

–Andrea…

–Dime, *cara*.

–Nada –respondió Izzy tras unos segundos de vacilación.

–¿Qué te pasa, cielo? ¿No te apetece ir a la boda mañana? Es verdad que habrá periodistas, pero yo intentaré…

–No, no es eso en absoluto.

–Entonces, ¿qué es?

Izzy suspiró y esbozó una sonrisa que dejó adivinar cierta tristeza.

–Nada, estoy un poco… delicada. Son las hormonas.

Andrea bajó la cabeza y le dio un beso en la frente.

–Si quieres, puedo irme a dormir a otra habitación. Igual prefieres estar sola.

–No, por favor, no –respondió Izzy agarrándole el brazo–. ¿Te importaría… abrazarme?

Andrea se metió entre las sábanas y, tumbándose al lado de ella, la abrazó. El sedoso cabello de Izzy le hizo cosquillas en el pecho, la proximidad de ese cuerpo femenino le encendió la piel ahí donde le tocaba. Cuando la respiración de ella se hizo más profunda, él le acarició la cabeza como si fuera una niña. Nunca había abrazado así a una mujer. No era un abrazo sexual, sino emocional y tierno.

Una alarma sonó en su cabeza. No iba a atarse a Izzy. Los dos tenían claras las bases de su relación. Izzy estaba así por una cuestión hormonal y él la estaba reconfortando, nada más. No se estaba enamorando de ella. Eso no le ocurriría nunca. Ni con Izzy ni con nadie.

Capítulo 10

CUANDO IZZY se despertó a la mañana siguiente, Andrea ya se había levantado y se había duchado. Y le llevó una bandeja con té y tostadas que dejó encima de sus piernas, en la cama, antes de sentarse a su lado.

–¿Cómo te encuentras, *cara*?

–Mucho mejor, gracias –Izzy bebió un sorbo de té–. Y gracias por cuidarme tan bien.

–Te lo mereces. Estaba preocupado por ti –dijo Andrea dándole una palmadita en la pierna.

–Habría sido mucho más preocupante que no me hubiera venido la regla –Izzy volvió a llevarse la taza a los labios.

–Sí, eso es verdad.

Tras unos segundos de silencio, Izzy dejó la taza en la bandeja.

–¿A qué hora tenemos que salir para ir a Venecia?

–El vuelo sale dentro de una hora aproximadamente –respondió él poniéndose en pie–. La boda es por la tarde, así que tendremos tiempo de sobra para vestirnos en el hotel antes de la ceremonia.

–¿Habrá muchos invitados?

–Bastantes.

–No te apetece mucho ir, ¿verdad? –preguntó ella ladeando la cabeza.

Andrea le dedicó una sonrisa antes de contestar.

–Digamos que... estaré encantado cuando se acabe todo.

Llegaron al hotel de Venecia, uno de los más pequeños que Andrea tenía, pero no por ello menos lujoso. Izzy se retocó el maquillaje, se arregló el peinado. Se puso uno de los vestidos que Andrea le había comprado unos días atrás, de satén azul que se ceñía a su cuerpo como un guante. Por último, se echó por encima un chal que hacía juego con el vestido y se calzó unos tacones.

Justo en el momento en que iba a ponerse unas alhajas, Andrea se le acercó con un estuche de una joyería.

–Esto es para ti –dijo él.

Izzy abrió el estuche, dentro había un precioso collar de brillantes y zafiros, y unos pendientes haciendo juego.

–¡Madre mía! Esto es... precioso –Izzy alzó el rostro y miró a Andrea–. No deberías haberte gastado tanto dinero.

Andrea se encogió de hombros, como si gastar miles de euros en joyería le diera igual.

–Es importante que representes convincentemente tu papel en la boda de Patrizio y Elena –respondió él.

Esas palabras le causaron una profunda desilusión. Andrea le había comprado esas joyas con el fin de convencer a todo el mundo de que su matrimonio no era la farsa que realmente era.

Ella bajó los ojos, contempló los pendientes y el collar y los acarició con las yemas de los dedos.

–Tienes muy buen gusto… –Izzy se interrumpió y frunció el ceño–. ¿No me habías dicho que jamás comprabas joyas a tus amantes?

Andrea le quitó el estuche y sacó el collar.

–Así es, pero esto es diferente. Date la vuelta para que te lo ponga.

«¿Diferente?» ¿En qué sentido era diferente? ¿Había querido decir Andrea que había empezado a sentir algo por ella? ¿Cariño quizás?

¿Empezaba Andrea a sentirse unido a ella?

Izzy se dio media vuelta y se alzó la melena para que él pudiera poner el cierre al collar alrededor de su cuello. Los dedos de él le acariciaron la piel y un temblor de excitación le recorrió el cuerpo. Una vez que el cierre del collar estuvo asegurado, giró hasta colocarse de cara a él.

–¿Por qué esto es diferente?

Andrea le miró la boca y después clavó los ojos en los suyos, pero su expresión permaneció inescrutable.

–Eres mi esposa. La gente espera verte adornada con bonitas joyas.

Izzy se tocó el collar que colgaba de su cuello.

–Pero solo temporalmente. Dadas las circunstancias, gastarte un montón de dinero en joyas me parece excesivo.

Andrea apretó los labios momentáneamente, como si el comentario le hubiera molestado.

–Nadie, aparte de nosotros dos, sabe que es un matrimonio temporal.

–Gianna también lo sabe.

Andrea lanzó un gruñido que podía interpretarse como asentimiento o desdén.

–Empiezo a arrepentirme de habérselo contado –Andrea agarró su chaqueta y se la puso–. A propósito, estás preciosa. Ese color te sienta muy bien.

Izzy se alisó la delantera del vestido, encantada por el halago, aunque fuera ridículo.

–Gracias –Izzy agarró los pendientes y se los puso–. Entonces, ¿estoy presentable?

La oscura mirada de Andrea le recorrió el cuerpo. Después, él le dedicó una sonrisa que la dejó sin aliento.

–Estás más que presentable.

La boda de Montelli se celebró en la basílica de San Marcos en Venecia. Izzy ocupó el asiento que le habían designado, cerca del altar y en uno de los bancos del novio. Andrea continuó hasta el altar, con Patrizio, ya que era su padrino.

El altar estaba preciosamente adornado, con flores que también adornaban los bancos formando guirnaldas. Un coro de niños cantaba con extraordinaria perfección.

A los ojos de Izzy asomaron unas lágrimas que no pudo contener mientras se le cerraba la garganta. Si fuera la clase de mujer que soñaba con una boda, sería una como esa. Pensó en la suya, una ceremonia impersonal y fría, solo el cierre de un trato de negocios. Y aunque su relación había mejorado durante las dos últimas semanas, eso no cambiaba el hecho de que su matrimonio no fuera para toda la vida.

El organista comenzó a tocar la marcha nupcial y se oyó un murmullo colectivo cuando las damas de honor, con la hijastra de Patrizio, Alexis, a la cabeza, comenzaron a recorrer la nave central. Iban vestidas de color rosa pálido y cada una de las damas de honor llevaba en la mano un ramo de rosas de té. Las acompañaba una bonita niña de unos tres años con un cesto de pétalos de rosa en las manos, se la veía tímida, con los ojos fijos en el suelo.

Llegó el momento en el que la novia debía hacer su aparición. Izzy se volvió y vio a Elena, la novia de Patrizio, echar a andar por la nave central con un vestido propio de un cuento de hadas. El cuerpo del vestido era de encaje, con mangas largas, falda con cola y un velo voluminoso. Elena, muy hermosa, estaba radiante y muy feliz.

Izzy trató de contener un ataque de envidia; pero cuanto más se acercaba la novia, sonriendo a Patrizio, peor se sintió. Era como si alguien le estuviera estrujando el corazón mientras comparaba esa boda con la suya, una auténtica farsa, sin amor, sin planes de futuro, sin promesas.

Solo palabras vacuas, sin convicción y sin compromiso.

Izzy miró a Andrea, pero él estaba completamente inmerso en su papel de padrino; no obstante, sí notó que Alexis no dejaba de mirarle con un visible sonrojo en el rostro. La adolescente la hizo pensar en sí misma a esa edad, ni una mujer adulta ni una niña; presa en un limbo con las hormonas haciendo estragos y sin la madurez suficiente para controlarlas.

Alexis le hizo recordar los errores que ella había cometido con el fin de llamar la atención de su padre.

Muchos errores. Errores que todavía le estaban costando muy caro.

El servicio eclesiástico comenzó. Por fin, llegó el momento en el que los novios se besaron y a Izzy se le hizo un nudo en la garganta. Los ojos de Andrea y los suyos se encontraron, ella le dedicó una sonrisa tan tensa que temió que se le rompieran los labios.

Izzy tardó una hora en reunirse con Andrea después de que el cortejo nupcial saliera de la basílica y la sesión de fotos concluyera. Se sentía como una extraña en el plató de una película; no era una de las protagonistas y ni siquiera era una extra.

Lo mismo le ocurría en la vida de Andrea, era una esposa temporal sin esperanza de asumir un papel permanente. ¿Cómo se le había ocurrido llegar a semejante trato con Andrea cuando podría tener lo que Patrizio y Elena tenían? Nadie que estuviera viendo a los novios en ese momento podría dudar de lo mucho que se querían. Eso era amor verdadero, no sentimientos fingidos.

¿Por qué Andrea no la miraba así?

Durante la fiesta posterior, Izzy miró a Andrea e intentó engañarse a sí misma pensando que él la miraba de esa manera, pero se dio cuenta de que Andrea solo estaba desempeñando el papel de marido enamorado. Lo mismo que su padre, fingiendo de cara a la galería. Todo era falso en su relación con Andrea, aparte del deseo y la atracción física. ¿Pero cuánto tardaría Andrea en cansarse de ella? No tenía costumbre de salir con la misma mujer más de un mes. Ella llevaba con él poco más de dos semanas. ¿Lograría atraer el interés de Andrea durante cinco meses y medio más? ¿Cómo podía seguir viviendo con él, fingiendo estar contenta con la situación en la que se encontraban?

No era feliz.

No podía serlo porque lo único que deseaba en la vida era que la quisieran por ser quien era, por sí misma. Quería que la aceptaran y la valoraran, no que esperaran que fuera algo que no podría ser nunca. ¿Podría seguir así durante cinco meses y medio más para después despedirse y marcharse con una sonrisa? ¿No quería Andrea algo más que una aventura amorosa de seis meses; sobre todo, teniendo en cuenta lo que habían compartido tanto física como emocionalmente? Se había engañado a sí misma al creer que estaban más unidos. Él le había hablado de su pasado y ella del suyo. ¿Significaba eso que Andrea sentía por ella algo diferente de lo que había sentido por las demás mujeres en su vida?

La fiesta se estaba celebrando en una villa privada entre los canales de Venecia e Izzy no dejaba de sentirse completamente marginada. Estaba sentada a una mesa rodeada de gente a la que no conocía, sola, porque Andrea ocupaba un lugar en la mesa de los novios.

En un momento de la fiesta, Andrea le presentó a Patrizio, a Elena y a Alexis. La tenía agarrada por la cintura y, a ojos de todo el mundo, parecía locamente enamorado de ella. Eso, en vez de animarla, la hizo sentirse un fraude. Más fuera de lugar si cabía. Más deprimida. Se le encogía el corazón con cada sonrisa que Andrea le dedicaba. Cada vez que él le hacía una caricia, le daba un vuelco el estómago. Porque ella era consciente de la relación que tenían, pero los demás no.

Andrea no la amaba. Si la quisiera, ¿no se lo habría dicho? ¿No habría puesto punto final al límite temporal de su relación? ¿No le habría insinuado que había habido un cambio en sus sentimientos hacia ella?

–¿Te pasa algo, *cara*? –le preguntó Andrea en un aparte cuando la fiesta estaba a punto de terminar.

–Tenemos que hablar –Izzy hizo un esfuerzo por sonreír, por si alguno de los invitados les estaba mirando.

Andrea le puso las manos en el rostro y la miró con gesto preocupado.

–¿Estás cansada? Siento que hayas pasado tanto tiempo sola. No podemos marcharnos hasta que los novios no se vayan, pero no van a tardar mucho.

Izzy no podía aguantar un minuto más sin decirle lo que sentía. Le miró a los ojos.

–No puedo seguir así, Andrea. No puedo.

Él le puso las manos en los brazos y se los apretó con ternura.

–¿Sigues con dolores? Perdóname, debería habértelo preguntado.

Izzy se zafó de él y dio unos pasos hacia el interior del tranquilo rincón en el que estaban. Entonces, se abrazó a sí misma porque un súbito frío le recorrió el cuerpo.

–No, no me duele nada. Lo que me pasa es que estoy harta de fingir. No puedo continuar así. No soporto seguir engañando a la gente, fingiendo que nuestra relación es algo que no es y que nunca será.

–¿No podríamos dejar esto para cuando estemos en el hotel? –preguntó Andrea con una nota de enfado en la voz.

Izzy se mantuvo firme y se enfrentó a él con el amor propio que le quedaba.

–¿No has sentido nada durante la ceremonia de hoy? ¿No te ha afectado en absoluto?

–Isabella, este no es el lugar ni el momento para mantener esta conversación –declaró él con una expresión semejante a una máscara de acero.

–Solo te he hecho una pregunta.

–Y yo te he contestado que no voy a hablar de esto aquí –replicó Andrea con una frialdad que la hizo estremecer.

–Pues yo sí te voy a decir cómo me he sentido. Me he sentido culpable –declaró Izzy–. Culpable, desilusionada y avergonzada por haberme casado contigo por dinero. Al ver a Patrizio y a Elena en la basílica, he visto a dos personas enamoradas. Yo quiero lo mismo. Quiero lo que ellos tienen.

–¿Quieres que nos casemos formalmente? –preguntó él frunciendo el ceño–. ¿Es eso? ¿Quieres una gran boda en una iglesia, a pesar de que solo nos quedan unos cuantos meses…?

–No lo entiendes, ¿verdad? –a Izzy se le encogió el corazón–. No se trata de tener una gran boda, Andrea. Lo que quiero es un matrimonio de verdad, uno sin límites de tiempo. Un matrimonio sin mentir ni fingir, un matrimonio con sentimientos verdaderos. Sentimientos que duren toda la vida.

–Eso no puede garantizarlo nadie –respondió él apenas moviendo los labios–. No puedes garantizarlo tú y yo tampoco puedo.

–Es posible, pero a mí me gustaría intentarlo.

Se hizo un espeso y tenso silencio. Por fin, Andrea lanzó un prolongado suspiro, pero su rostro seguía tenso.

–Me estás pidiendo algo que no puedo darte. Acordamos estar juntos seis meses. Te dije lo que estaba dispuesto a conceder, pero un compromiso para toda la vida no es parte del trato que hicimos.

Izzy buscó en los ojos de Andrea un rastro de emoción, pero solo encontró indiferencia.

–¿Por qué? ¿Por qué te resulta tan difícil comprometerte con una mujer?

Andrea abrió y cerró la boca, como si estuviera midiendo sus palabras con sumo cuidado.

–No estoy dispuesto a seguir hablando de esto ahora. Hemos hecho un trato y…

–Jamás debería haber accedido –le interrumpió ella–. Pero deseaba tanto recuperar la casa de mis abuelos que no pensé en las consecuencias. Sin embargo, ahora me he dado cuenta de que quiero otra cosa, quiero mucho más. No puedo seguir ni un minuto más intentando ser lo que los demás quieren que yo sea. Tengo que ser yo misma, tengo que ser fiel a mí misma. Hasta hace muy poco, creía que no quería casarme. Me resulta difícil creer hasta qué punto me he estado engañando a mí misma. Sin embargo, me he dado cuenta de que lo que no quería era un matrimonio como el de mis padres. Mi padre no quería a mi madre; de haberla querido, no habría intentado controlarla y dominarla.

–Yo no tengo ningún interés en controlarte ni en dominarte, así que haz el favor de no insultarme comparándome con tu padre –declaró Andrea apretando los dientes.

–Pero no me amas, ¿verdad? –hacer esa pregunta le produjo vértigo.

Andrea tensó la mandíbula.

–Ese no ha sido el trato –respondió él con voz desprovista de emoción, como un robot.

Izzy sabía que había pedido lo imposible, pero siguió aferrándose a un hilo de esperanza.

–No quiero una relación basada en un asunto de negocios, en un contrato. No quiero condiciones ni reglas. Lo que quiero es lo mismo que quiere la mayoría de la gente, amor. Amor incondicional.

–Izzy, lo que necesitas es descansar. Cuando volvamos al hotel, te acuestas y duermes. Ya verás como mañana verás las cosas de otra manera –dijo Andrea en tono conciliador–. Estás cansada y nerviosa.

Izzy sabía que si volvía al hotel con él acabarían haciendo el amor. Y después volverían a Positano y ella se pasaría los siguientes cinco meses y medio albergando la esperanza de conseguir lo imposible. Tenía que ser fuerte. Tenía que luchar por lo que quería. Se lo debía a sí misma. No podía vivir así ni un minuto más.

–No voy a volver contigo, Andrea. Ni al hotel, ni a Positano ni a ningún sitio. Se acabó. Lo nuestro se ha acabado porque, en realidad, nunca debería haber empezado.

Andrea parpadeó. Después, su semblante se asemejó al de una estatua de piedra.

–¿Lo estás haciendo aposta? –Andrea hizo un gesto con la mano para indicar la sala con los invitados–. ¿Te has propuesto estropearme los planes a propósito?

–Que digas eso demuestra lo poco que me conoces, Andrea –Izzy lanzó un suspiro–. Siento mucho que esto pueda estropearte el negocio de la compra del hotel que quieres, pero mis necesidades son tan importantes para mí como un negocio lo es para ti. No puedo seguir fingiendo estar de acuerdo con el trato que hicimos. No soy feliz. No puedo ser feliz estando con un hombre que es incapaz de quererme.

–¿Estás insinuando que me quieres? –Andrea frunció el ceño, pero parecía más enfadado que confuso.

Izzy pensó en confesarle lo que sentía por él, pero sabía que eso no cambiaría nada. Tenía que conservar algo de su amor propio. No soportaba la idea de que él la rechazara.

–Lo que digo es que quiero más de lo que tú estás dispuesto a darme.

–Si me quisieras, aceptarías lo que estuviera dispuesto a ofrecerte –contestó él–. Lo aceptarías y te conformarías con eso porque, como sabes muy bien, sin mí vas a perder hasta el último penique de tu herencia.

Izzy se preguntó cómo se le había podido ocurrir que el dinero iba a ser suficiente para ella. Ningún dinero podía compensar una vida de soledad. Ahora, incluso comprar la casa de sus abuelos le parecía un sinsentido. Se dio cuenta de que lo que había perseguido era comprar la felicidad, la felicidad que había sentido de niña y que quería volver a sentir.

Pero no podía seguir adelante. Perdería el respeto que se debía a sí misma.

–No voy a seguir viviendo contigo en estas circunstancias, Andrea –dijo ella–. Sería poco más que una amante mantenida a la espera de que la despidas. No quiero ser un peón en una partida de ajedrez.

–Tu padre fue el único que te puso de peón sobre el tablero, no yo –los labios de Andrea adquirieron un tono blanquecino–. Deberías agradecerme que me ofreciera para ayudarte a heredar. Nadie más estaba dispuesto a hacerlo.

–¿Es eso lo que te debo, gratitud? –Izzy le lanzó una amarga mirada–. ¿Qué es lo que tengo que agradecerte? ¿Que yo te gustara? ¿Y cuánto va a durar eso? ¿Una o dos semanas más? ¿Un mes? Las amantes no te duran más que unas semanas. Yo no puedo vivir así. No quiero vivir así.

–Entonces, márchate –Andrea movió la cabeza indicando la puerta–. Vete. A ver adónde llegas. En menos de un día volverás arrastrándote y suplicando volver conmigo.

–Creo que no me has prestado atención, Andrea. No voy a volver. Soy una mujer adulta, no una niña.

Sé lo que quiero y no me voy a conformar con menos –Izzy le sostuvo la mirada–. Y ahora, voy a recoger mi chal y mi bolso y, si no quieres montar un escándalo delante de tus amigos, te sugiero que me dejes marchar sin ponerme ningún obstáculo.

Andrea esbozó una cínica sonrisa.

–¿Me estás chantajeando, *cara*?

Izzy alzó la barbilla.

–Por supuesto.

Capítulo 11

ANDREA NO podía creerlo. Se negaba a creerlo. ¿Cómo era posible que Izzy estuviera dispuesta a renunciar a su herencia? ¿Por qué iba a renunciar a tanto dinero?

¿Y cómo era posible que fuera a dejarle a él?

Se sentía igual que a los catorce años, como si le hubieran echado a patadas, como si no valiera nada. Eran sentimientos que quería evitar a toda costa. Se había acostumbrado a no necesitar a nadie porque no quería sentirse así.

Vacío. Bloqueado. Destrozado.

Apenas había logrado hablar con Izzy sin revelar lo perplejo y desilusionado que se sentía. No lo había visto venir. Izzy no había podido elegir peor momento para atacarle así. Se había engañado a sí mismo al pensar que lo que había entre ellos era… ¿qué? ¿Algo más duradero?

«No». Él no establecía relaciones duraderas. Las relaciones cortas y sencillas eran su credo. No había prometido nada. Había sido claro desde el principio respecto a lo que podía y no podía ser su relación.

¿Qué pretendía Izzy? Iba a perder mucho. Solo llevaban dos semanas de casados, quedaban meses para que el trato llegara a su fin. Había sido consciente de lo peligroso que era intimar con ella, pero lo había hecho a pesar de todo. Y, ahora, Izzy le dejaba. Pero ¿por qué? Sin él no podría heredar.

Le estaba hostigando, eso era. Había agarrado una rabieta para obligarle a confesar algo que jamás confesaría a nadie. La boda había afectado a Izzy. Incluso él había sentido una ligera envidia al ver a Patrizio y a Elena tan enamorados.

Pero eso no significaba que quisiera lo mismo para él. Estaba bien tal y como estaba. Su relación con Izzy era satisfactoria para ambos, excitante y apasionada.

E íntima…

Sí, bueno, ese era el problema, ¿no? Habían intimado demasiado, no solo física, sino emocionalmente. Había llegado a conocer a la verdadera Izzy y congeniaba con ella. Izzy despertaba en él un instinto protector. Además, Izzy era la única mujer a quien le había contado el dolor y la vergüenza de su pasado.

Se llevaban bien y, hasta ese momento, había pensado que su relación era satisfactoria y seguía las directrices que él había marcado. Eran más que compatibles en la cama; en realidad, nunca había disfrutado tanto el sexo como con Izzy y quería que siguiera siendo así durante unos meses más.

Acabó convencido de que las hormonas estaban afectando a Izzy. Seguro que, en cuestión de unas horas, se calmaría y cambiaría de opinión. Estaba convencido de que, cuando volviera al hotel, la encontraría en la cama, esperándole.

Contaba con ello.

* * *

Izzy solo estuvo en el hotel de Andrea el tiempo suficiente para recoger su pasaporte y hacer una maleta con lo imprescindible. Compró un billete de avión con destino a Londres que salía temprano a la mañana siguiente y se trasladó a otro hotel para pasar la noche. No podía compartir la cama con Andrea sabiendo que él no la amaba. Por mucho que le deseara, seguir acostándose con él sería un suicidio a nivel emocional.

Sin apenas haber pegado ojo, Izzy llegó al aeropuerto muy temprano y se subió al avión con el corazón encogido. Londres la recibió con un cielo gris y lluvia. Al llegar a su piso, Jess le dio la noticia de que había alquilado su habitación a otra persona.

–Lo siento, Izzy, pero creía que no ibas a volver –se disculpó Jess–. ¿Qué ha pasado? ¿Dónde está Andrea?

–Ya no estamos juntos –respondió Izzy–. No debí casarme con él, fue un error. Andrea no me quiere.

–Pero tú le quieres a él, ¿verdad? –dijo Jess en tono de preocupación.

–Soy una imbécil por enamorarme de un hombre como él –Izzy se mordió el labio inferior para que dejara de temblarle–. No sé cómo ha pasado. Le odiaba y, cuando me he dado cuenta…

–Pero… ¿qué vas a hacer ahora? Si rompéis antes de seis meses, ¿no vas a perder la herencia?

–El dinero no me importa –dijo Izzy–. Bueno, me importa, pero solo un poco.

–¿Dónde vas a vivir? Aunque… supongo que podrías pasar un día o dos aquí, pero tendrías que dormir en el sofá.

–No te preocupes, ya encontraré algún sitio. No estoy en la más absoluta miseria… todavía.

Al día siguiente, Andrea llegó a su casa de Positano esperando encontrar a Izzy allí y más tranquila. Los empleados de su hotel le habían dicho que ella se había marchado, pero que no sabían adónde. Había pasado la noche paseándose por la habitación sin saber qué pensar. Había llamado a Izzy al móvil, pero estaba desconectado. No había dejado ningún mensaje porque no había sabido qué decir.

«Vuelve, te necesito», eran frases ajenas a él. Eso no se lo decía a nadie.

Gianna le recibió con su acostumbrada y animada sonrisa, pero su gesto se ensombreció al ver que él volvía a la casa solo.

–¿Dónde está Izzy?

–Creía que estaría aquí –a Andrea le dio un vuelco el estómago, una profunda desilusión se apoderó de él. Una vez más, Izzy había hecho lo contrario de lo que él había esperado de ella.

A Gianna casi se le salieron los ojos de las órbitas.

–¿Por qué no ha vuelto con usted? ¿Qué pasa?

–Prefiero no hablar de ello.

–Pero ¿dónde está?

Andrea pasó de largo y se dirigió directamente a su despacho.

–No quiero que nadie me moleste. Tómate el resto de la semana libre. Tómate un mes libre si quieres.

Andrea se sentó detrás de su escritorio y se quedó mirando la pantalla del ordenador. ¿Cómo habían llegado a esa situación? Había creído que Izzy estaría allí. Le había dado veinticuatro horas. ¿Cuánto tiempo más necesitaba Izzy para darse cuenta de la tontería que estaba haciendo? Estaba poniendo en juego su futuro. Estaba tirando por la borda la única oportunidad que tenía de ser independiente económicamente. Era una estupidez. Nadie en su sano juicio renunciaría a tanto dinero.

«Pero el dinero no lo es todo».

Andrea apretó los dientes. Sí, el dinero lo era todo. Quizá no se pudiera comprar la felicidad con dinero, pero evitaba que uno viviera en la calle. El dinero le permitía a uno un estilo de vida envidiable. El dinero le procuraba a uno ropa y viajes a lugares con los que un niño viviendo en la pobreza solo podía soñar.

Se levantó del asiento y se paseó por la estancia. A pesar del dinero que él tenía, nunca se había sentido tan impotente. Estaba acostumbrado a controlar su vida. Era él quien iniciaba y acababa las relaciones. No estaba acostumbrado a que le dejaran plantado. Su amor propio había recibido un buen golpe. Ese era el motivo de que se sintiera tan perdido. ¿Qué otra cosa podía ser? Había estado seguro de que Izzy no despreciaría su herencia. Él sabía muy bien lo que era desear algo hasta el punto de que todo lo demás dejaba de importar. ¿Cómo podía Izzy renunciar a recuperar la casa de sus abuelos?

Andrea se acercó a la ventana. El mar brillaba bajo los destellos del sol, pero él sentía frío por dentro. Se comparó con un rey confinado en su castillo, rodeado de riqueza y objetos valiosos que no lograban satisfacerle ya.

Se pasó una mano por el rostro y suspiró. Tenía que hacer algo. Cualquier cosa. Trabajar, eso lo curaría todo. Al menos, podía comprar esa maldita propiedad con la que ella soñaba. Quizá fuera un idiota sentimental, pero no podía soportar la idea de que Izzy perdiera la casa de sus abuelos.

De nuevo, se sentó detrás del escritorio y buscó la propiedad en Internet. En tan solo una hora, había hecho una oferta a los propietarios de la casa, una oferta más que generosa. Llevaría unos días realizar los trámites de la compra, pero quería regalarle a Izzy esa propiedad y siempre conseguía lo que se proponía.

Bueno, casi siempre.

Izzy encontró habitación en una casa compartida y unos días después alquiló un coche para ir a ver la casa de sus abuelos por última vez. El día anterior los propietarios la habían llamado para decirle que habían encontrado un comprador y que, dada la generosidad de su oferta, no habían podido rechazarla. Se habían disculpado con ella, pero habían sido pragmáticos.

Ir a la casa era su forma de despedirse de un sueño.

No había tenido noticias de Andrea desde su llegada a Londres, aunque había visto un par de llamadas perdidas durante su última noche en Venecia.

Izzy sintió un nudo en la garganta mientras recorría la carretera flanqueada de setos que conducía a la casa de sus abuelos. Por fin, la casa apareció delante de ella y se le encogió el corazón al ver el cartel de *Vendida* con el nombre de la agencia inmobiliaria.

Sí, se había acabado. Su sueño había sido destruido. Pero, por extraño que fuera, no se sintió tan mal como se había temido. El jardín estaba descuidado y la pintura de las ventanas y las puertas en mal estado. No obstante, aunque estuviera en perfecto estado y ella hubiera conseguido recuperarla, ¿lograría sentirse feliz sin nadie con quien compartir su proyecto? La única persona con quien quería compartirlo era Andrea, pero él no quería compartir su vida con nadie, y menos con ella.

Aquella era una casa en la que había sido feliz con las personas que ya no estaban en este mundo, aunque su recuerdo continuaba vivo en su corazón.

Izzy dio la vuelta con el coche y emprendió el camino de regreso, dejando atrás los recuerdos de su infancia y una parte de sí misma que siempre pertenecería a aquel lugar.

Un par de días más tarde, Andrea recibió un paquete. Se lo había enviado Izzy y dentro estaban el anillo de compromiso, el de la boda y las joyas que él le había regalado.

Sentado detrás de su escritorio, Andrea contempló los brillantes y los zafiros, y se preguntó por qué Izzy se los había devuelto cuando podría haberlos vendido. Al menos, con ello conseguiría un poco de dinero que podía compensar en parte el que había perdido al renunciar a su matrimonio.

Rebuscó en el paquete y encontró también una nota.

Querido Andrea:

No me ha parecido honesto quedarme con esto. Dejo en tus manos los trámites del divorcio.

Por favor, saluda a Gianna de mi parte y dile que siento mucho no haberme despedido de ella. Espero que lo comprenda.

Por cierto, la casa de mis abuelos se ha vendido, pero no importa. Necesita muchos arreglos y yo jamás podría haberlos pagado.

Izzy

Andrea se quedó mirando la nota durante un largo rato. Estaba esperando a tener las escrituras de la casa para enviárselas a Izzy. Era un regalo. De no ser así, ¿para qué iba él a haber comprado esa propiedad que necesitaba miles y miles de libras en arreglos?

Pero… Izzy no quería posesiones. Izzy quería amor. ¿No era eso lo que todo el mundo deseaba?

Sí, incluso él.

Había sido un imbécil dejándola marchar sin luchar por ella. La había dejado irse porque no había tenido el valor suficiente para pedirle que se quedara con él. No había tenido coraje para confesarle lo que sentía por ella. Se había engañado a sí mismo por no querer sentir nada por nadie.

Y había hecho lo mismo con su madre, ella le había rechazado y él se había marchado sin intentar comprender por qué lo había hecho. No obstante, ya había iniciado el proceso de reconciliación con su madre. Y se lo debía a Izzy.

Pero en ese momento, Izzy era lo único que le importaba.

Tenía que verla y confesarle lo que sentía por ella. Tenía que pedirle una segunda oportunidad porque no se podía imaginar la vida sin ella.

Izzy estaba en su habitación de la casa compartida viendo una película en el móvil cuando sonó el timbre. Desconectó el teléfono y fue a abrir.

Abrió desmesuradamente los ojos al ver a Andrea con un sobre grande en la mano. Al instante, se le encogió el corazón. Andrea estaba allí para que ella firmara los papeles del divorcio.

–Hola –dijo Izzy después de tragar el nudo que se le había formado en la garganta–. Entra, por favor.

Andrea cruzó el umbral de la puerta y la cerró tras de sí.

–¿Cómo estás?

–Bien, ¿y tú? –Izzy trató de sonreír, pero no llegó a lograrlo del todo–. ¿Son esos los papeles del… divorcio?

Andrea le dio el sobre.

–Ábrelo y lo verás.

Con manos temblorosas, Izzy agarró el sobre, lo abrió y sacó los documentos. Le llevó unos momentos darse cuenta de lo que era. Sí, era un documento oficial, pero no tenía nada que ver con el divorcio. Era un título de propiedad. El título de propiedad de la casa de sus abuelos.

–No entiendo… –Izzy miró a Andrea con perplejidad–. ¿Por qué me das esto?

–La casa es tuya, Izzy. La he comprado para ti.

–No sé qué decir… No sé… ¿Por qué lo has hecho? –preguntó ella atónita.

–¿No puedes imaginártelo? –los ojos de él brillaron–. ¿No se te ocurre por qué, *cara*?

Izzy se humedeció los labios, dejó el documento y miró el otro paquete que Andrea llevaba.

–¿Qué es eso?

Andrea le dio el paquete con las joyas que ella le había devuelto hacía unos días.

–Quiero que vuelvas a llevar estos anillos, *cara*. Te quiero y no soporto vivir ni un segundo más sin ti.

Izzy abrió y cerró la boca mientras el corazón parecía querer salírsele del pecho.

–¿Que me quieres?

Él le agarró los brazos y le dedicó la más tierna de las sonrisas.

–He sido un imbécil, tesoro mío. No debí dejar que te marcharas. Te quiero tanto… Mi vida no tiene sentido sin ti. Tienes que sacarme de este pozo sin fondo en el que me encuentro. Vuelve conmigo, por favor. Perdóname por no haberte dicho antes lo que siento por ti. Te amo desesperadamente.

Izzy le rodeó el cuello con los brazos y le estrechó contra sí.

–Oh, Andrea, yo también te adoro. También me he sentido muy sola y perdida sin ti.

–Eres lo mejor que me ha pasado en la vida –dijo él alzándole el rostro–. Estos últimos días, sin verte ni oírte… han sido una auténtica tortura. No te puedes imaginar cuánto te he echado de menos.

Izzy le sonrió y los ojos se le llenaron de lágrimas de felicidad.

–Nos volveremos a casar –añadió él estrechándola contra sí–. Tendremos una boda por todo lo alto… si accedes a ser mi esposa para el resto de nuestras vidas.

Izzy le dedicó una traviesa sonrisa.

–¿No decías que no creías en el amor eterno?

Andrea la besó.

–Eso era antes de enamorarme de ti. Quiero hacerme mayor contigo, quiero tener hijos contigo, quiero formar contigo la clase de familia que ninguno de los dos tuvimos. Me has enseñado lo que es el amor, mi vida. Durante todos estos años, he culpado a mi madre por echarme de casa, pero, por ti, la he buscado, la he encontrado y me he enterado de que me echó de casa porque tenía miedo de que mi padrastro me matara si volvía. Le tenía mucho miedo. Jamás podré agradecerte que me hayas hecho ver lo equivocado que estaba. Voy a comprar a mi madre una bonita casa en un buen barrio.

–Cariño, no sabes cuánto me alegro de que te hayas reconciliado con tu madre –dijo Izzy–. Eres un hombre maravilloso. Te adoro.

Andrea se sacó un pañuelo del bolsillo y le secó las lágrimas.

–Y yo a ti. Eres mi vida, el mundo entero para mí.

–Soy tan feliz que no puedo dejar de llorar –declaró ella sonándose la nariz.

–Espero no hacerte llorar a menudo –dijo Andrea

sonriendo–. No puedo prometerte que nuestra vida sea perfecta, pero lo que sí puedo prometer es que siempre estaré a tu lado, pase lo que pase. Y esta vez, cuando nos casemos por la iglesia, ¿sabes qué voy a hacer cuando el sacerdote diga eso de «Puede besar a la novia»?

Izzy sonrió.

–¿Qué?

A Andrea le brillaron los ojos al tiempo que acercaba la boca a la de ella.

–Voy a hacer esto –declaró, y la besó.